新潮文庫

掲載禁止　撮影現場

長江俊和著

新潮社版

11811

目次

掲載禁止　撮影現場

例の支店

人は死んだらどうなるのか？

古代より人類最大の課題とされてきた、死後の世界と霊魂の存在。ついに、その答えが明らかになった。望んでその事実を解明しようとしたわけではないのだが、結果そうなってしまったのだ。

以下の内容は、霊の存在を実証するものである――

なるべく私情を交えずに、起こった出来事を、可能な限り正確に描写した。


鬱蒼《うっそう》と生い茂る樹木の間を、二人の男が歩いてくる。一人は恰幅《かっぷく》のいい、長髪で白髪頭の男性。口元に蓄えた髭《ひげ》も白い。ラフなポロシャツ姿で、年齢は六十を超えているようだ。もう一人の、黒いレザーのトートバッグを肩に掛けた若い男が声をかけた。

「どうですか乙部《おとべ》先生？　この辺りで何か感じますか」

白髪の男は一旦《いったん》足を止める。黙ったまま周囲を見渡した。若い男性は固唾《かたず》を呑《の》んで、男の発言を待ち構えている。だが結局、彼の白髭はわずかにも動くことはなく、再び森の道を進み出した。男の名は乙部慈雲《じうん》。本業は経営コンサルタントだと言うが、依頼者がある、いわゆる〝霊能力者〟である。過去に何度か、雑誌やテレビに出たことが来たら〝霊視〟を行い、占いや浄霊、心霊治療などを行うのだという。「よく当たる」と評判で、顧客も多いと聞く。

同行の若い男は、佐久間亮《さくまとおる》という新進気鋭のフリージャーナリストである。痩《や》せぎすで上背があり、カジュアルなジャケットがよく似合っている。

季節は春の終わりごろ。木々の隙間《すきま》から見える空は灰色。森の中は湿った空気が充満している。無言のまま歩き続ける二人の男。道の脇《わき》には、廃材やマネキンなどが不法投棄されている場所もある。しばらく進むと視界が開け、目的地が見えてきた。

森の樹木に囲まれた廃墟《はいきょ》だった。空から垂れ下がった陰鬱な雲が、三階建ての朽ち果てた建物に、迫り来るような迫力をもたらしている。壁は所々崩れ落ちて、内部が露出している箇所もあった。窓ガラスもほとんどが割れており、敷地の中は雑草が生い茂り、瓦礫《がれき》が至る所に散乱している。門の前で立ち止まると、『立入禁止』の札が、泥にまみれて地面に落ちていた。

「先生は、ここに来るのは初めてですよね？」

憮然《ぶぜん》とした顔で乙部が答える。

「ああ、そうだ」

「そうですか……分かりました。では、参りましょうか」

無言のまま頷《うなず》くと、乙部は門の中に足を踏み入れた。佐久間が後に続く。

廃墟に向かってゆく二人の男の背中——

瓦礫と瓦礫の間をかき分けるように進み、建物の入り口にたどり着いた。玄関の自動ドアは壊れ、ガラス戸は開け放たれたままだ。中の様子を窺《うかが》いながら、二人は廃墟の中に入ってゆく。

玄関を入ると、受付のカウンターがあるロビーのような場所になっていた。薄汚れた壁には、ところどころスプレーで落書きされている。床に落ちたガラス片を踏まないように、慎重に奥へと進んでゆく。カウンターの左側には、階段が見えたが、廃材が積まれ、階上へは進めないように封鎖されていた。もちろんこの有様では、階上へ登れたとしても、床が落ちてしまいそうで、危険極まりない。

受付の右手を進んでゆくと、奥に広い部屋があった。天井の板が剝《は》がれ落ち、配線のコードが垂れ下がっている。オフィスとして使用された場所のようなのだが、デスクやロッカーなどの類《たぐい》はない。広々とした部屋の中は閑散としていた。室内に入ってゆく乙部の背中に、佐久間が声をかける。

「どこかの企業が支店として使用していたという建物です。でも、もう二十年ほど前からこの状態で」

部屋の真ん中辺りまで来ると、乙部が立ち止まった。険しい目で、周囲を見回している。

「どうですか先生……何か感じますか？」

声を潜めて、佐久間が訊《き》いた。

「ああ……ここは穏やかな場所ではないな。ずっと感じているよ。尋常ではない雰囲気を」

「やはりそうですか。実はこの建物は、心霊スポットとして有名ですからね。自殺の名所としてもよく知られています。インターネットでは、訪れると必ず霊が出現すると、恐れられているんです」

「そうか……実はもう、現れているよ」

「え？　現れているって、何が」

「この世のものではない存在だよ。私たちにずっとついて来ている」

「……幽霊？　ということですか」

「そうだ……。女性の霊だよ。非業《ひごう》の死を遂げて、この世に深い未練を残している、危険な霊だ」

「本当ですか？　僕には何も見えませんが」

「間違いないよ。確実にいる。成仏できずに、この辺りを彷徨《さまよ》っている地縛霊だ。それ以外にも、ここには霊が集まってきている。夥《おびただ》しい数の霊だ。数え切れないほどだ。なかには、もう人間の形をしていない存在もいる」

身を竦《すく》める佐久間。周囲を見ながら言う。

「このままここにいても、大丈夫なんでしょうか」

「あまり長居しない方が身のためだ。危険な霊に取り憑《つ》かれたら、取り返しのつかないことになるからね」

「……そうですか、分かりました」

一旦言葉を切ると、視線を外す佐久間。そして改めて乙部を見ると、こう言った。

「それでは、そろそろ本題に入りたいと思います」

「本題？」

「そうです。あなたは、私たちにずっとついてきている霊がいると言った。さらに、この建物の中には、夥しい数の霊があふれていると……。それは、本当ですか」

「ああ、もちろん本当だよ」

「では、そのことを実証できますか」

「実証も何も、私が見えると言っているのだから、間違いない」

「あなたが見えたとしても、僕には分からない。僕の目に映っているのは、あなたとこの荒れ果てた廃墟だけだ。さあ、今ここで実証してください。霊の存在を、僕に納得できるように」

これまでとは一変し、佐久間は挑戦的な目で乙部を見据えた。その視線を受けて、乙部が言う。

「だから、言ってるじゃないか。ここにはかつて人間だった存在が、数多くいるのだと。私は今そのことを知覚している。私が言えるのは、その〝事実〟だけだ」

「存在が実証できなければ、それはただの詭弁《きべん》だと思いますが」

それを聞いて、乙部は大きくため息をつく。

「なるほど、そういうことか。君は、そういった下らん論争を持ちかけるために、ここに連れて来たんだな。君こそ卑怯《ひきょう》じゃないか。本当の取材内容を伝えず、私を騙《だま》したりして。不愉快だ。帰らせてもらう」

踵《きびす》を返して乙部が歩き出した。その大きな背中に向かって、佐久間が言葉を投げかける。

「逃げるんですか……それでは、お認めになるんですね。あなたがこれまで『幽霊がいる』などと世間を欺《あざむ》き続けてきたことを」

思わず乙部が立ち止まった。

「なんだと」

「では記事にさせてもらいます。乙部慈雲はついに『幽霊がいない』ことを認めたと」

「勝手にするがいい。……ただし、私は自分の主張を変えるつもりはないよ。幽霊は存在する。君がどう思おうと、それは揺るぎのない事実なんだ。人間は肉体を喪失すると、霊魂になる。死後の世界ももちろん実在している」

「いい加減なことばかり言わないでください」

「いい加減なことではない。人間の霊魂は存在する。科学的にも、その事実は証明されているんだ。かつてアメリカの科学者が、臨終した直後の人間の体重を量るという実験をした。その結果、人間は死んだら体重が二十一グラム減ることが判明している。その二十一グラムというのは、死の直後に肉体を離れてしまった、その人の精神……。

つまり、霊魂の重さだったというわけだ」

「その実験のことは僕も知っています。でも、それは百年以上も前の実験で、かなり眉唾《まゆつば》物の話ですよ。人の身体《からだ》は生命活動を停止すると、体内の水分が蒸発し、死に方によっては体液が漏れ出すこともあります。死後、体重が二十一グラム減ったからと言って、霊魂の実在を証明することにはならないと思いますけど」

「だが、それが霊魂の質量ではないとも言い切れないだろう。幽霊は現実にいるよ。私は知っている。霊魂や死後の世界など存在しないというのは、君が不勉強で無知なだけだ」

佐久間が声を荒らげて言う。

「いいですか。とにかく僕は、乙部さんのような人間が許せないんです。『幽霊はいる』とか『霊魂は実在する』とか、科学的に有りもしないことを言って、人心を欺くようなあなたたちのことが……。だから今日は徹底的に、あなたの欺瞞《ぎまん》を暴《あば》きたい。心霊現象など存在しないということを証明したい。だから、あなたをここまで連れてきたというわけなんです」

閑散とした廃墟の一室で対峙《たいじ》する二人。佐久間の背中越しに見える乙部の顔。全《すべ》てのガラスが失われた窓の外では、暗緑色の木々が風に揺れている。

「ほう、面白い。……ならば、受けて立とうじゃないか」

乙部がにやりと笑う。佐久間の顔にも不穏な笑みが浮かんだ。

「ありがとうございます。さあ、早く僕の目の前で証明してください。幽霊が存在するということを」

「私が証明するまでもない。古来より人類は霊魂の存在を認めてきた。仏教やキリスト教など、あらゆる宗教で『死後の世界』について語られてきたんだ。君が霊の存在を信じないのは勝手だが、死後の世界が存在するのは疑いようのない事実なんだよ」

「確かに、宗教は『あの世』の存在を説いています。聖書や経典には、『地獄』や『極楽』が出てきますからね。でもそれは、『幽霊がいる』と言っているわけではない。宗教というのは、基本的には生きている人間の生き方を導くものであって、戒めの譬《たと》えとして『死後の世界』を出しているだけにすぎないんです」

さらに佐久間は言葉を続ける。

「僕は別に、オカルトの存在全てを否定しているというわけではない。十九世紀、ヨーロッパでは降霊会が盛んに行われていました。でも怪しげな降霊会が行われる度に、科学者らがそのトリックを暴き、それが現在の科学文明を築く礎になった。だから、オカルトは現代科学にとっての必要悪であるという見地からすると、その存在意義は一概に否定されるものではないと思うのです」

一旦、佐久間は言葉を切った。乙部は落ち着いた顔で、彼の話に耳を傾けている。

「それに我々人間は、いつか死んでしまう。それは誰にも避けられない事実ではある。だから、死後の世界があると信じたい。近親者の死を悲しみ、その人物は幽霊になったと思いたい……。そういった意味では『霊』は存在すると言ってもいいのかもしれない。でもその場合の『霊』の意味は、死者のためではなく、生きている人間のためなのでしょう。親しい人との別れのストレスを軽減するプロセスとして、または、自らの死の恐怖を受け入れるための段階として、霊的なものに依存するということなんです。だから古来より霊能者は、セラピストのような役割を果たしていたのではないかと思うんです。でもあなたのように、非科学的なことを現実だと言い切り、世間を欺き続け、利潤をむさぼるような人間は、断固として許すわけにはいきません」

「なるほど……。君の考えはよく分かった。だが、残念ながら幽霊は存在するんだよ。私は彼らの存在を知覚しているから、それは間違いない事実なんだ。それに、世界各国で心霊現象の目撃例は報告されているし、目に見えない者の存在が、写真や音声機器、ビデオにも現れているじゃないか」

乙部がそう言うと、佐久間の顔に侮蔑《ぶべつ》するような表情が浮かぶ。

「出た心霊写真。あれこそ、幽霊がインチキであることの象徴ですよね。『亡霊の顔が写った』という写真は、ほとんどシミュラクラ現象で説明できます。シミュラクラ現象とは、人の目が、三つの点が集まって逆三角形に並んだものを見ると、『人の顔』と認識するようにプログラムされた脳の働きのことを言うんです。要するに写真に偶然に写った、何でもない逆三角形の三つの点が『人の顔』のように見えて、勝手に怖がっているというわけ。いわゆる、『幽霊の正体見たり枯れ尾花』というやつですね」

「心霊写真に写るのは『顔』だけじゃない。人の身体が透けていたり、オーブという光球の霊体が出現することがある」

「それも説明できます。オーブは、レンズの前に粉や埃《ほこり》を舞わせ、フラッシュを焚《た》くと撮影できるんです。人の身体が透けているのは、シャッタースピードを遅くして撮っているんですね。シャッターを切ってからフレーム内で人が素早く動くと、画面には残像が残り、ぼんやりと透けた人間が出現する。さらにカメラがデジタル化された今、心霊写真はパソコンで容易に制作できるようになりました。全ての心霊写真は、人の見間違いか、トリックで作成されたものだと言い切って過言ではないでしょう」

したり顔のまま、佐久間の話は続く。

「いわゆる『心霊写真』は、十九世紀のボストンで誕生しました。一八六一年、彫金家でアマチュアカメラマンだったウィリアム・H・マムラーは、現像した写真に、死んだはずのいとこが写り込んでいることを知りました。それは、古いガラス板を使い回して焼き付けした、二重写しによる『失敗作』でした。でも、ある日彼の家を訪れた心霊主義者が、その写真をニューヨークの新聞社に持って行き、『幽霊が写っている写真』として記事にしてしまったんです。そのことが話題となって、以降マムラーは多くの心霊写真を作成することになったのです。でも、次々と怪しげな写真を発表するマムラーに疑念を抱くものも多く、一八六九年に彼は逮捕され、裁判に掛けられました。マムラーは裁判で、写真は全て偽造であることを告白。さらに自分が編み出した九種類の心霊写真の作成方法についても、全てを明らかにしました。こうしてマムラーの偽造が暴かれたのですが、皮肉なのは、彼が裁判で証言した写真の作成方法をまねて、世界中の数多くの霊能者や詐欺師《さぎし》がそれを利用したということなんです。というわけで、お分かりいただけましたか。心霊写真やその類いは、『霊の存在証明』には到底なり得ないということを。さあ、どうですか。ここまでで何か異論はありますでしょうか」

さっきからずっと怒りがこみ上げていた。なんとかそれを抑える。窓から生暖かい風が吹き込んでくる。乙部が口を開いた。

「話はそれだけか？　全く君の話はつまらないね。私がいると言ったらいるんだよ。例えば、さっき言った、ずっとついてきている女性の霊。今君の真後ろに立っているよ。真っ赤な血走った目で、君を睨《にら》みつけている」

「だから、そんなこけ脅し、僕には通用しませんって。この廃墟には、僕と先生しかいないじゃないですか。……そうだ。だったら詳しく教えてもらえませんか。その女の霊について。先生が得意の霊視とやらで」

「ああ……いいだろう」

　そう言うと乙部は静かに目を閉じた。

　廃墟の中に沈黙が訪れる。にやにやと乙部の様子を見ている佐久間。少し経《た》つと、目を閉じたまま、乙部の口元だけが動き出した。

「女は……三十代だ。激しい怨念《おんねん》を抱えている……」

「では、その女性はどうして死んだんですか？」

「自殺だ。……この廃墟の中で、首を吊《つ》って死んだ」

「この廃墟の中で？　一体、どこなんです？　その場所は」

　乙部はゆっくりと目を開いた。周囲を見渡している。

「こっちだ」

そう言うと、乙部は歩き出した。佐久間も後に続く。

部屋を出て、またあのロビーに出た。乙部はカウンターを越えて、封鎖されている階段の方に進んでゆく。階段の脇に、狭い廊下があった。周囲を注意深く見渡しながら、乙部はその中に入っていった。さっきまで饒舌《じょうぜつ》だった佐久間も大人しく後ろを歩いていく。廊下には窓がなく、光はロビーの方向から差し込んでくる陽光だけである。薄暗く、かび臭い匂《にお》いが充満している廊下を歩く二人の男。そのまま進み続けると、ある一室の前で、乙部が立ち止まった。ノブに手を掛けて、ドアを開ける。

さっきのオフィスの半分ぐらいの広さの部屋である。同じように窓ガラスは割られ、壁中にスプレーで、汚い言葉が書き殴られている。部屋の隅には、埃をかぶったソファが転がっていた。応接室として使われていたのだろうか。ここも天井が破れている箇所があり、鉄骨がむき出しである。室内を見渡しながら、乙部が中に入ってゆく。

「この部屋だ……ここで彼女は、自ら命を絶った……」

ドアの近くに立ったまま、佐久間が答える。

「ほう、この部屋で？」

「そうだ。あの破れた天井のところに鉄骨が見えるだろう。あそこにロープを結んで首を吊って死んだ……。見える……私には見える。女が首を吊った時の光景が……。

彼女が首からロープに吊《つる》されている。黒い麻のロープだ。彼女は足をばたつかせ、激しくもがき苦しんでいる……」

そう言うと、両手を自分の首にかける乙部。その口調は、さらに熱を帯びてくる。

「もがけばもがくほど、ロープは首に食い込み、苦悶《くもん》はさらに大きくなってゆく……」

乙部の顔が、みるみるうちに紅潮してきた。佐久間の表情も一変する。

「本当に……見えたんですか」

「ああ……見えた。若い女性が、この場所で首を吊って死ぬところが……」

乙部はポケットからハンカチを取り出し、額に浮かんだ汗を拭《ぬぐ》った。佐久間は慌《あわ》てて、トートバッグから手帳を取り出すと、ページをめくりながら言う。

「……確かに一ヶ月ほど前、この廃墟で三十二歳の女性の首吊り死体が発見されている。新聞記事にもなっています。本当に、霊視で見えたんですか」

「その通りだ……」

唖然《あぜん》とした顔のまま佐久間は、再び手帳に目を落とした。

「それに、記事にはこの廃墟で自殺体として発見されたとあるが、具体的にどの部屋だったかは書かれていませんでした。ロープの色もです……驚いた」

「どうだ……これで少しは、私の能力を信用する気になったか？」

「ええ……あなたは女性の自殺した部屋も、ロープの色も見事に言い当てた。これは警察しか知らない事実です……信じられない」

誇らしげな顔の乙部。さらに佐久間は乙部に訊く。

「他には、何か感じましたか？」

「他に……？」

「そうです。もっと詳しく教えてもらえませんか？」

佐久間に促され、乙部は再び部屋の方に視線を向ける。そして静かに目を閉じると、再び黙り込んだ。おもむろに、口元の白髭が動き出す。

「……ロープで吊された彼女の身体。ゆらゆらと揺れている。もう苦しんではいない。彼女の命は尽きたようだ……。ん？……何かおかしい……。誰かいる。もう一人……。ロープで吊られ、絶命する彼女の姿をじっと見上げている。そうか……やはりそうだ。彼女は自殺したんじゃない。殺されたんだ。……生きたまま誰かにロープで吊られた……。自殺は偽装だったんだ……」

その言葉を聞いて、佐久間の顔色が変わった。思わず、乙部の背後に歩み寄る。

「本当ですか。本当に誰かいたんですか」

乙部が目を開けた。荒い息を整えて、答えを返す。

「そうだ……。間違いないよ。彼女は殺されたんだ」

「まさか……本当に、霊視でその光景が見えたんですか」

「ああ、自殺は偽装だった。犯人は何らかの方法でその女性を拉致《らち》してここに連れてきたんだ。そしてロープを首に巻いて、あそこにそのロープを引っかけて……」

話しながら、乙部が天井を指さした。破れた天井から、錆《さ》びた鉄骨が見えている。

「その時はまだ生きていた彼女の身体を、滑車《かっしゃ》のようにして首から吊り上げた」

「……どうしてそんな惨《むご》いことを」

「殺害してから遺体を吊ったのでは、自殺を偽装したことが、検視でばれてしまうからだろう。皮下出血の生活反応の有無などを調べれば、すぐに分かる。だから生きたまま、吊し上げたんだ。しかし、彼女にとっては、想像を絶する苦しみだった……。だから彼女は、自分を殺害した人物に、壮絶な怨念を抱いているんだ。自分の人生を無残にも奪い去った、その人間に対して」

「……確かに検視の結果、彼女の身体には、明らかに自分でつけたものではない、複数のすり傷があったと言います。拉致された時についた防御創《ぼうぎょそう》ではないかということなんです。警察は他殺の可能性も考えて、捜査を進めているという話です」

「なるほど……やはり、そうなのか」

呆然《ぼうぜん》とした顔のまま、佐久間が言葉を続ける。

「凄《すご》い……。あなたは一部の捜査関係者しか知らない、事件現場やロープの色、さらには、彼女が誰かに殺されたことまで言い当てた。俄《にわか》には信じがたいことですが、結論としては……あなたの霊能力は本物であると、認めざるを得ない……」

驚嘆の顔で乙部を見る佐久間。満足げな表情を浮かべる乙部。だがその後、佐久間は一つ大きくため息をつくと、こう言った。

「……なんてこと、僕が言うと思ってました？」

「何？」

「ちょっと茶番に付き合ってあげただけですよ。せっかくの熱演でしたから……。でも、よかったです。さっきの演技を見て、あなたの霊能力がイカサマであるという確信が、さらに強くなりましたので」

「どういうことだ」

持っていた手帳をバッグに突っ込むと、また佐久間が語り出した。

「僕はあなたたちの手口を知っています。霊能者のイカサマの手法はおもに二つ。事前調査とコールドリーディングです。こんな例があります。かつてテレビ番組で、ある霊能者がイタリアを訪れた。レオナルド・ダ・ヴィンチ作といわれる『キリストの洗礼』という絵画を霊視してこう言った。『この絵からはダ・ヴィンチのパワーが伝わってこない。ただし、絵に描かれた天使からだけは、霊の力を感じる』と。そして絵画の専門家が出てきて解説する。『実はあの絵は、ダ・ヴィンチの師であるヴェロッキオと彼の弟子たちの合作といわれている。ただし、天使の部分だけはダ・ヴィンチが手を入れた』。なるほどと視聴者は、霊能者の霊感に納得する。しかし放送後、意外な事実が明らかになる。『キリストの洗礼』がダ・ヴィンチの作ではないとされていたのはもう何年も前の古い説で、やはりこの絵は広範にわたって、ダ・ヴィンチによって描かれたものであるというのが、近年の調査で明らかになっていた。テレビに出てきた専門家なる人は、それを知らなかったんでしょう。霊能者もそこまで事前調査が及ばず、ぼろを出したというわけです」

佐久間の言葉は続く。

「それともう一つ。霊能者がよく使う手口としてコールドリーディングという手法があります。コールドリーディングとは事前情報がなくても、相手の風貌《ふうぼう》や何気ない会話などから情報を引き出す話術のことです。『あなたは普段は明るいが、実は大きな悩み事がありますね』とか『あなた、最近身の回りで良くないことが起きているでしょう』とか言って、相手の信頼を得るんです。しかし、実は大したことを言ってなくて、曖昧《あいまい》な表現しかしていない。悩み事のない人間なんかいないですし、程度の差こそあれ、身の回りに『良くないこと』が起こっていない人なんか皆無だと思います。あなた方はこうして、誰にでも当てはまるようなことを、あたかもそれが霊能力で知り得たように言って、相手を騙していくんです」

「それでは君は、私が首つり事件に関して、事前調査したり、コールドリーディングのような方法で情報を引き出したにすぎない、というのかね」

「いえ……違います。僕は一般論としての、霊能者のイカサマの手口を述べたまでです。あなたの場合は違う」

一呼吸置くと、再び佐久間が語り始めた。

「あなたは彼女が死亡する一部始終を見事に言い当てた。女性の年齢や自殺した場所、ロープの色、そして他殺のことも。それは、一部の捜査関係者にしか知らされていないことだ。もしそれらの情報が、霊視で知り得たのだとしたら、もの凄いことだと思います」

「本当に霊視で見えたんだ。嘘偽りない」

「いえ、違います。霊能力なんか、この世にあるわけがない」

「しかし、自殺した場所やロープの色は、警察しか知らないはずじゃなかったのか？　それに他殺の件も」

「いえ……あなたにはそれを知ることが出来たんです。もちろん霊能力なんかじゃありませんよ。ちゃんと、合理的な方法で、あなたはそれらの事実を知ることが出来た……」

「君は何が言いたい」

「僕はあなたの、さっきの小芝居を見て確信しました」

そう言うと佐久間は、鋭い目で乙部を見据えた。そしてこう告げる。

「あなたが殺したんです。彼女を……」

その言葉を聞くと、乙部は表情を強《こわ》ばらせた。

怒りは増幅してゆく。感情の昂《たか》ぶりを抑えるのが苦しくなってきた。佐久間の肩越しに見える窓外の景色。木々は荒々しくざわめき、雲はどす黒く変色している。しばらくすると、乙部が口を開いた。

「何を馬鹿《ばか》なことを言う」

「馬鹿なことではありません。僕が先生をここに連れてきた目的は、さっきの言葉を聞き出すためだったんです。幽霊がいるとかいないとかは、どうでもよかった。ただ先生の口から、犯行の一部始終をお聞きしたかった。ありがとうございました。犯人の口から、貴重な証言を得ることが出来ましたので」

「私は殺してはいない。ここに来たのも初めてだ。犯行の一部始終は全部、霊能力で言い当てたんだ」

「まだ、そんなこと言ってるんですか。殺害された女性の名前は、大倉多香美《おおくらたかみ》。三十二歳のフリーライターです。彼女のことは、先生もよく知っているはずですよね」

そう言うと、乙部は口ごもった。さらに佐久間が言葉を続ける。

「彼女はオカルト否定派の急先鋒《きゅうせんぽう》だった。乙部先生の活動を批判した記事や著作が多数あります。聞くところによると、死の間際《まぎわ》、彼女はあなたの欺瞞を暴く本を書いていたと言います。あなたは、彼女の存在を憎々しく思っていた。だから、自殺に見せかけて彼女を……」

観念したかのように、乙部が言う。

「ああ……確かに彼女のことはよく知っている。何度も意見を戦わせたこともある。だが、私が殺したのではない。私は、自分の霊能力が認められないという理由だけで、人を殺したりしない」

「いや、間違いなくあなたが殺したんだ。僕はどうしても、彼女の死の真相が知りたかった。多香美を殺した人間を突き止めて、懺悔《ざんげ》してほしかった……。彼女に恨みを抱き、無残にもその命を奪い去る動機を持つ人間は先生……あなたしかいなかった。だからこうして、あなたを彼女が殺害された場所に連れてきた。洗いざらい罪を打ち明けてほしかったんです」

「君と大倉多香美とは、一体どんな関係だったんだ」

「僕たちは愛し合っていました。もうすぐ結婚する予定だったんです」

「……なるほど、そういうわけか」

「でもあなたは懺悔するどころか、殺害の行程を、あたかも霊能力で知り得たかのように、詐術の手段として利用した。絶対に許せない。さあ今ここで、白状するんだ。イカサマ霊能者、乙部慈雲。お前が一ヶ月前、この場所で、自殺に見せかけて、大倉多香美を殺害したことを……」

　血走った目で、乙部を見据える佐久間。落ち着いた声で、乙部は言う。

「どう思おうと君の自由だが、私は彼女を殺してはいないよ。もし私が殺したとしたら、なぜ、犯人しか知らない殺害の詳細を、君に教える必要がある？　犯人ならばそんなことはしないだろう。隠し通そうとするはずだ。私には見えたんだ。大倉多香美が殺される一部始終が。死後の世界は存在する。私には幽霊が見える。ただ、それだけだ」

「だったら証明してください。あなたの霊視は本物だって。幽霊は本当にいるんだって。でも、それができなければ、あなたは大倉多香美を殺害したことを認めるしかないんです。お分かりですか。自分が今、どういう状況に置かれているのか」

乙部は佐久間を見つめると、穏やかな声で言う。

「もちろんだ。だから、幽霊の実在を証明すればいいのだろう」

「そういうことです。それでは証明してください。幽霊の実在とやらを……」

「仕方ない。では君に、ある事実について教えることにしよう。これを知ると君も、霊の存在を認めざるを得ないと思うよ」

嬉《うれ》しそうに、乙部が笑う。

「ほう、面白い」

佐久間の顔にも、不敵な笑みが浮かぶ。乙部は身を乗り出し、真剣な眼差しで彼を見据えた。

「その前に一つ、君に質問する。生きているとはどういうことだ？」

「いきなりなんですか」

「答えなさい。人間が生存しているとは、どういう状態のことを言う？」

「知りませんよ。わけ分からないこと言って、誤魔化さないでください」

「それでは質問を変えよう。君は、自分が生きていると思っているか？」

「なんですか？　これは禅問答ですか？」

「もう一度聞く。君は自分が、本当に生きていると思っているのか」

「あなたは、何を言っているんです」

「君は自分が生きていると思っているが、本当にそうなのか。よく考えてみろ」

「え？」

「忘れたのか？　さあよく思い出してみろ。ここに来る前に、君は殺されたことを……」

「殺されたって誰に？」

「私だ。私が君を森の中で殺した」

その言葉を聞くと、一瞬で、佐久間の顔から血の気が引いた。さらに乙部が言う。

「どうやら、まだ自覚がないようだな。自分はもう死んでいることに……」

「何を言ってるんだ」

「ついて来い」

おもむろに、乙部はドアに向かって動き出した。

「自分の死体を見たら、納得するだろう」

歩きながら彼は言う。「もう自分はこの世の人間ではないことを。そして、幽霊は本当に実在するということを」

部屋を出て、二人は薄暗い廊下をロビーに向かって進んでいった。玄関を出ると、もう外は暮れかけている。敷地内に散乱していた瓦礫の下に、この建物の看板のようなものがあった。入ってゆく時には気がつかなかった。泥で汚れていて、看板の文字は判読が難しかったが、『××支店』と表示されていることはかろうじて分かった。やはりこの建物は、何かの会社の支店だったのだ。

廃墟を後にして、乙部は暮れかかった森の道を歩み始めた。無言のまま、森の中の道を歩き続ける二人。一体どこに向かっているのだろう？　晴れていれば、夕焼けが美しい時刻ではあるが、この天気ではそれも期待できそうにない。しばらく歩き続けたところで、突然乙部の足が止まった。視線の先にある一角を指し示す。

「あそこだ……。君の死体を放置した場所だ」

薄暮の中、佐久間は目をこらした。乙部が指さした方向には、一本の大きな木が立っている。苛立《いらだ》ちまじりの声で佐久間が言う。

「いい加減にしろ。僕は死んでいない。この通り生きている」

「さあ、それはどうかな？　生きていると、自分で思い込んでいるだけだ。いいから、あの木のところに行ってみろ」

仕方なく、乙部が指さす場所へと向かう佐久間。鬱蒼と茂った樹木をかき分け、その場所にたどり着いた。

誰かがいる――

木の根元に、誰かが座っている。男のようだ。こちらには背を向けて……。だらんと首をうなだれ、微動だにしない。

「君の死体だ。顔を見てみろ」

背後から、乙部が言う。

「馬鹿な」

「いいから、見てみろ」

息をのんで、座り込んでいる男に近寄ってゆく佐久間。背後から回り込み、その顔を見た。唖然としたその口元から、思わず言葉が漏れる。

「これは……どういうことだ」

「さあ、これでわかっただろう。自分が死んだことを……。幽霊や死後の世界は、実在するということを」

「……馬鹿にするのもいい加減にしろ。これはどういうつもりなんだ」

佐久間が指さした、うなだれている男の顔——

それは泥で薄汚れたマネキンだった。

「君の死体だよ。よく見てみろ」

平然とした顔で、乙部が言う。

「頭がおかしいのか？　これはどう見てもマネキンだ。お前は何がしたい」

佐久間は顔を真っ赤にして激高している。

「まあいい。これであんたの霊能力とやらは、とんだ茶番であることが証明された。多香美を殺したのはやっぱりあんたなんだ。さあ、今ここで多香美を殺害したことを自白して、懺悔しろ。彼女を拉致して睡眠薬を飲ませ、生きたままロープで吊って殺したことを」

「ん？　ちょっと待った。今君はなんて言った」

「何が？」

「睡眠薬と言ったな。それは何だ？」

「だから、あんたが多香美を眠らせるために使ったって……」

「私は睡眠薬を使ったなんて、一言も言ってないはずだが」

「え？」

佐久間は思わず口ごもった。

「それに、さっきからずっと気になっていたことがある。首吊りに使ったロープの色。遺体が吊るされていた場所。そして、大倉多香美は自殺ではなく、殺害されたという事実。確かにそれらは、警察以外は知らないことなのだろう。では、だったらなぜ、君もそれらのことを知っているんだ？　私が霊視で言ったことを、全て当たっていると、なぜ君が正解を出すことができる？　警察しか知らないはずなのに……。私よりも、君の方が事件のことに詳しいようだが」

「それは……僕が彼女の婚約者だからだ。肉親のようなものだ。だから、警察からも情報を得ることが出来た」

「本当にそうなのか？」

射るような目で、乙部が見る。

「実はここに来る前に、君のことを調べさせてもらった。君と大倉多香美が恋人同士というのは大嘘《おおうそ》だな。君は彼女につきまとい、ストーカー行為を繰り返していたそうじゃないか。大倉多香美殺害容疑の重要参考人に、警察が捜査情報を簡単に話すとは思えないが……」

「何を言っている。僕はストーカーじゃない。多香美と愛し合ってた……」

「じゃあなぜ、首吊りに使ったロープの色が黒だと知っていたんだ。そして、睡眠薬が使用されたことや、殺害の場所さえも……。もし君が犯人じゃないとしたら、考えられることは一つしかない」

乙部は一旦言葉を切ると、佐久間を見据えて言う。

「君にも霊能力があるということだ」

答えられず、佐久間は口を閉ざした。彼の目は、視点が定まらず、揺れ動いている。

さらに乙部は言う。

「大倉多香美は、君の愛を受け入れてはくれなかった。彼女に対する君の愛は、いつしか激しい怒りへと変わり、挙げ句の果てに彼女を殺害したんだ。あの部屋に入った瞬間に、私にはその光景が全部見えたんだよ。拉致した彼女をあの部屋に連れ込む君の姿が。黒いロープを使って、君が彼女を吊り上げるところが」

「違う。でたらめを言うな」

「君は、自分が警察に疑われていることを知っていた。だから、彼女と対立関係にある私に接触して、取材と称してここに連れてきたんだ。私を犯人に仕立て上げるために」

「違う。僕じゃない。お前が犯人だ。お前が多香美を殺したんだ」

するど、突然乙部が激高する。

「いい加減にしろ」

その迫力に、佐久間が一瞬ひるんだ。

「言っただろ。私には全部見えていると……。今も君の後ろにいるよ。君が殺した大倉多香美の霊が……。この森に入ってから、彼女はずっと、私たちについてきていた。そして、恨みを込めた目で、じっと君を見ている」

佐久間の顔が凍り付いた。恐る恐る、背後の闇《やみ》を振り返る。

そして、絶叫とともに、その場に崩れ落ちた。

「殺すつもりはなかったんだ。ただ、あの女が激しく抵抗するから……。僕の愛を、受け入れてくれなかったから……だから……薬を飲ませて……」

「やっと自白してくれたな……」

そう言うと乙部は、ポケットからＩＣレコーダーを取り出した。

「これまでの会話は全部録音させてもらったよ。少し手こずったが、なんとか君が大倉多香美を殺害したという証言を得ることが出来た」

地面に伏していた佐久間が、乙部を睨みつける。

「じゃあ取材を受けたのは、僕を自白させることが目的だったのか？」

「ああ、そうだ。おかげさまでうまくいったよ。この録音させてもらった君の自白を世に出し、私の霊能力で解決した事件だと喧伝《けんでん》させてもらう。また、私の株が上がるよ」

そう言うと、乙部がほくそ笑んだ。ＩＣレコーダーの録音ボタンをオフにすると、さらに言葉を続ける。

「そうだ……。もう一つだけ、いいことを教えてあげよう。私は先ほど捜査情報を漏らす警察なんかいないと言ったが、実はそんなことはない。彼らも人間だ。金を積めば、何とでもなる」

「どういうことだ？」

「だから、全部君の言うとおりなんだよ。私が事件の詳細を知り得たのは、『事前取材』の賜《たまもの》でしかないんだ。君は何一つ間違ってなんかいない。この世には、幽霊なんかいないんだ。霊能力も、死後の世界も存在しない」

乙部の肩が、小刻みに揺れ出した。笑いが堪《こら》えきれないようだ。

佐久間の顔に、怒りがこみ上げてくる。歯をむき出しにして、嘲笑《ちょうしょう》を続ける乙部。

彼をじっと見据えながら、佐久間が言う。

「残念ながら、あんたの思うようにはならない。僕が多香美を殺したのを知っているのは、今のところ僕とあんただけだ」

「なんだと」

「あんたがいなくなれば、全てうまくいく」

殺意を込めた目で、佐久間が飛びかかった。と同時に、トートバッグの中に手を伸ばし、隠し持っていたロープを乙部の首に素早く巻き付ける。

「最後の詰めが甘かったようだな。あんたには、多香美を殺した殺人犯として死んでもらう。良心の呵責《かしゃく》に耐えかねて、自殺した霊能者として」

ロープを握りしめた両手に、満身の力を込める佐久間。激しく抵抗する乙部。だが、彼の太い首に巻き付いたロープは、どんどんと喉元《のどもと》に食い込んでゆく。

「う……ぐ……」

乙部の顔に浮かび上がる苦悶の表情。口元から流れ出た鮮血が、白い髭を赤く染めた。ロープをつかんだ佐久間の両手に、さらに力が入る。断末魔の悲鳴とともに、乙部がその場に倒れ込んだ。

息も絶え絶えのまま、その場に立ちすくんでいる佐久間。なんとか荒い呼吸を整えると、土の上に伏せている乙部の前に座り込んだ。彼の呼吸が停止していることを確認している。

「……よし」

と小さく呟《つぶや》くと、乙部の死体が握りしめているICレコーダーを奪い取った。慌てて操作して、中のデータを消去している。消去が終わると、自分のズボンのポケットに入れた。

安堵《あんど》の表情を浮かべる佐久間。額の汗を手の甲で拭《ふ》くと、暗がりの中、頭上を見上げた。目を凝らして辺りを見ている。どの木の枝に乙部を吊そうか？　思案しているのだろう。

いつの間にか、辺りは真っ暗になっていた。深い闇に閉ざされた森の奥。鳥の鳴き声もほとんどなく、聞こえるのは風に揺れる木々のざわめきだけである。もうこれ以上、彼の非道を許すわけにはいかない。

私は、佐久間の背中をじっと睨みつけた。

今日、彼がこの森にやってきてから、ずっとそうしていたように。

佐久間への憎しみが、どんどんと増幅してくる。私の人生を奪い去った男……。決して許すわけにはいかない。ゆっくりと彼の背後に忍び寄ってゆく。

一歩、二歩、三歩……。

気配に振り返ると、佐久間は私の姿を見る。彼の形相が醜く歪《ゆが》んだ。恐怖で逆巻く髪。絶叫とともに走り出した。でも、絶対に逃すわけにはいかない。

足を取られ、男は地面に倒れ込んだ。彼を追い詰める、呪《のろ》いと怨念の波動。頭を抱え、土の上でのたうち回っている。

苦しめ、苦しめ、苦しめ。

生きたまま、首を吊られた私のように……。

苦しめ、苦しめ、苦しめ。

ずっと待っていたのだ。この時を……。

佐久間の網膜に映る、もはや人間ではない私の顔。全身が恐怖で支配された瞬間――。

彼の悲鳴が、深い森の中に木霊《こだま》する。

以上が、森の廃墟で起きた事件の真相を記録したものである。

一体なぜ、当事者二人が死亡しているにもかかわらず、彼らのやりとりを記録することができたのか。それに関してはご想像にお任せする。ただし、これらは事件の顚《てん》末《まつ》を正確に記録したものであることに疑いの余地はない。ＩＣレコーダーの音声も消されたが、彼らのやりとりを記述することができたのは、私がずっと間近で二人の会話を聞いていたからに相違ない。

よって、ここに霊の存在が実証されたとする。

ルレの風に吹かれて

大きく息を吸い込む。山間《やまあい》から吹き込んでくる鮮烈な空気が、鼻孔から体内へと染《し》み渡ってゆく。まるで全身が浄化されるようだ。

今日は久しぶりにルレの丘に来た。何度見ても、この景色には圧倒される。赤茶けた山脈の尾根が、幾重にも折り重なり、高貴な絵画のような色合いを見せている。遠くの山々は、神秘的な雲海に包まれていて、天界の楽園へと続いているかのような錯覚に陥る。

この国にやってきて、どれくらいの歳月が流れたのだろうか。思い出すこともままならない。この地を訪れて、自分が生きている意味を知った。人間が存在する原理と本質。大自然という名の神の御許《みもと》で、我々が地球上に生存する理由である。日本にいたままでは到底、その境地にたどり着くことはなかったであろう。

「風が冷たくなった。もうすぐ秋だね。お父さん」

背中越しに、はきはきとした現地の言葉が聞こえてくる。息子のサクである。スリング（抱っこ紐《ひも》）が食い込んで、肩が痛い。ちょっと前までは赤ん坊だと思っていたが、もうこんなにもしっかり話せるように成長した。時が過ぎるのは、恐ろしく早いものだ。荘厳な景色を前に、そのことを実感する。

ルレの風が吹くよ
愚かだった私をあざ笑わないで
ルレの風は吹くよ
不純だった魂を癒《い》やしておくれ
私はこの地を愛して止《や》まないのだから
ルレの風よ
この地には私の家族がいるのだよ

子供らは、賑《にぎ》やかに丘を駆け回っている。自慢の三人の息子たちだ。私は少し湿った草の上に身を置いて、目を細めて彼らを眺める。今年の雨季は、例年に比べるといささか長く、ここ最近は外に出ることが少なかった。愛する褐色の分身たちは、久しぶりに太陽を浴びて、思いっきり遊んでいる。子供たちに、夕食用の野草や木の実を採らせていると、いつの間にか陽が傾いていた。

ルレの丘を後にする。村の中心地にあるツベという市場に立ち寄らせた。土埃《つちぼこり》を上げて大勢の村人が行き交っている。収穫祭が近づいているのだ。村人たちは、その準備に追われている。どっさりと作物を載せたリアカーを引く農夫。店先で豆をすり潰《つぶ》している老女。乳飲み子を抱えながら、水桶《みずおけ》を運んでいる母親。野菜を載せたかごを頭に乗せて歩く、両腕のない青年。私と息子が通りかかると、皆一様に人懐《なつ》っこい微笑《ほほえ》みを向けてくれる。それは決して、愛想笑いの類《たぐ》いではない。心からの優しい笑顔だ。彼らと接していると、身も心も澄みきってゆく。時折思うことがある。この国には、悪人という存在がいないのではないか？　それほど、彼らの人間性は豊かで素晴らしい。ツベの市場で肉や野菜などの食糧を買い、息子らと家路に就いた。暗くなる前に、家に戻らなければならない。

村の中心地を抜けて、タイタの森に入る。森の中の小径《こみち》を一時間ほど往《ゆ》くと、丸太で囲まれた簡素な住居が見えてきた。私たちの住まいである。結婚した時、妻の父親や村のみんなが協力して、この家を建ててくれた。家に入りスリングから解放される。三人の肩と腰に真っ赤な紐の痣《あざ》が出来ていた。今日は子供たちが夕食を作るという。

息子らが一斉に料理に取りかかった。

太陽が沈み、タイタの森は夜の帳《とばり》に包まれる。兄弟力を合わせて作った料理が、食卓に並んだ。ルレの丘で採った野草のスープと、先ほど市場で購入した野菜と芋のサラダ。雑穀をすり潰して焼いた、ヘデュパンというインドのナンのようなパン。メインは塩漬けした干し肉である。山岳地帯では貴重なタンパク源だ。しかもこれが滅法旨《うま》い。素朴ながらも、味わい深い料理が並んでいる。彼らだけで作ったにしては、大したものだ。息子が注《つ》いでくれた、独特の香りがする醸造酒を、有り難く味わう。

本当にこの国に来てよかった。こうして子供らの屈託のない笑顔を目の当《ま》たりにする度に、そのことを実感する。もし日本にいたままだったら、気付くことはなかったであろう。自分が存在している意味と、その真実を……。

タイタの森に入り
ヘデュパンの香ばしい匂《にお》いがしたら
それがわが家だよ
タイタの森に入り
楽しい歌声が聞こえてきたら

それがわが家だよ
妻との思い出に満ち溢《あふ》れた
楽しいわが家だよ

私がこの地にたどり着いたのは、偶然だったのか。それとも必然だったのだろうか。あれは、もうどれぐらい前になるのだろう。行方がわからなくなった友人の消息を求めて、私はこの国にやってきた。

あの頃、私はまだ若く、定職に就いていなかった。大学を出て、私立高校の非常勤講師を勤めていたが、肌に合わずすぐに辞めてしまった。ギター一本で自作の歌を街頭で歌っていたこともあった。だが、もちろんそれで食っていけるわけはない。教職に戻るように親には言われていたが、そんな気は毛頭なかった。生粋の日本人ではあるが、日本という国に馴染《なじ》めなかったのだ。アルバイトをして貯《た》めた金でアメリカやアジアの諸国に赴いては、バックパッカーのような生活をくり返した。人生の目標が定まらず、海外と日本を行き来する日々が続いた。でもどの国を訪れても、何かが違った。自分の存在価値を見出せる場所に、たどり着くことは出来なかった。そんな時である。学生時代の友人が、失踪《しっそう》したという話を耳にしたのは。

友人の名は、國野《くにの》と言う。同じゼミに所属し、大学時代につるんでいた仲間の一人だ。取りたてて仲がいいという間柄でもなかった。國野は頭がよく成績も優秀だったが、どこか小生意気で、斜に構えた態度が苦手だった。だから卒業してからは、一度も会っておらず、連絡を取りあうようなこともなかった。だがある日、学生時代の仲間の一人から相談があると呼び出され、國野が失踪したという事実を知らされた。

「連絡が取れなくなって、もう二年以上も経《た》つの」

学生時代にたまり場となっていた喫茶店。そこで旧友の久保田《くぼた》という女性と再会した。彼女もゼミ仲間の一人で、國野の恋人だった。卒業後も、交際は続いていると聞いていた。お似合いのカップルで、いずれ二人は結婚するものだと思っていた。

「あなたに聞けば、何か手掛かりが得られるかもしれないと思って」

「さあ。あいつとはもう何年も会ってないからね。残念ながら、期待には添えそうにない」

「そうよね。ごめんなさい。呼び出したりして」

そう言うと彼女は、一口も付けていないコーヒーカップに目を落とした。心底、國野のことを案じているようだ。

「でも意外だよな。あいつは一流の商社に就職したんだろ。どうして失踪なんか」

久保田の話によると、國野は海外赴任中に、突然辞職を申し出たというのだ。そのまま赴任先の社宅を引き払い、どこかに消えたらしい。それから家族にも連絡がないという。

私は、國野の捜索に乗り出すことにした。別に彼女に絆《ほだ》されたわけではない。何か日本を出る理由が欲しかったからだ。それに、一流商社マンという身分を捨ててまでして、旧友が消えた理由に興味があった。彼は私と違って、優秀で堅実な人間だ。あの男に、一体何があったのか。どうしても知りたくなったのだ。

まずは、彼の家族のもとへ行った。事情を説明して、パスポート番号などの情報を教えてもらう。消息を絶った赴任先の国に飛び、関係者などから事情を聞き出した。大使館や航空会社などにも足繁《しげ》く通い、いくつか手掛かりを得ることができた。それらの情報をもとに、彼の足跡を辿《たど》り、この国にたどり着いたのである。

私自身、初めて訪れた土地だった。色々と理由があって、この国がどこなのか、明かすことは出来ない。日本から遠く離れた、山岳地帯にある小国とだけ言っておこう。

国土のほとんどは森林に覆《おお》われ、それ以外は丘陵地帯に荒涼とした原野が広がっている。寒暖の差が激しく雨季も長い。農耕に適した土地ではなく、その暮らしぶりは、決して豊かとは言い難かった。私も最初は、なんと侘《わ》びしい国なんだろうと感じたのである。こんなところに國野がいるとは思えなかった。ここで彼を探しても、徒労に終わるだろう、と。だが、その考えは大きく間違っていた。

結論から言おう。私は國野と出会うことが出来た。この国の人は基本的に現地の言葉で会話するが、英語が話せる人間もわずかにいた。その中の一人に話を聞いて、タイタの森に日本人が暮らしているという情報にたどり着いたのだ。この国に、日本人がやってくることなどほとんどない。彼の存在は珍しかったのだろう。すぐに、詳しい居場所を教えてもらった。早速私はタイタの森に赴いた。

「久しぶりだな」

森の中の山小屋。熱心に薪《まき》を割っている男にそう呼びかけた。振り上げた斧《おの》が止まる。汗だくのランニングシャツの背中。彼はゆっくりと振り返った。私の姿を見ると、國野は大きく目を見張った。

数年ぶりに会った旧友の姿は、まるで別人だった。どちらかというと、彼は色白で細面の優男といったタイプのはずだ。私の目の前にいる男は、顔中にひげを蓄えた精《せい》悍《かん》な山男だった。彼はまだ、事態をよく飲み込めていないようである。じっとこっちを見て固まっている。

「会いたかったよ。國野」

表情は固まったまま、ひげ面《づら》の口だけが動いた。

「どうして、ここに来た」

「君を探して、はるばる来たんだ。そんな言い草はないだろう」

「ここは君なんかが来る場所じゃない」

まさか、大学時代の知り合いが来るとは、夢にも思っていなかったのだろう。警戒している國野に、私がここに来た理由を説明する。しばらく話していると、彼の表情が和らいできた。

「なるほど、君は僕を連れ戻すために、わざわざやって来たというわけか」

「別にそういうわけじゃないが。久保田に相談されたんでね。彼女だけじゃない。みんな心配しているよ」

國野は、持っていた斧を置き、考え始めた。そして言った。

「そうか。わかった……。ここじゃなんだから、中に入れよ」

招きに従って、山小屋の中に入る。彼の生活スペースであろう。薪小屋を改造したような室内。外から見た印象と違い、意外と中は広い。何やら独特のかぐわしい匂いが漂っている。香を焚《た》いているようだ。ふと見ると、片隅の敷物の上に、うら若き小麦色の肌の女性が座っていた。年の頃は二十代か、もしかしたら成人していないのかもしれない。目鼻立ちの整ったきれいな娘である。民族の衣装なのだろうか、薄い布きれを巻き付けたかのような、原色の服を身に纏《まと》っている。胸元は大きくはだけ、足は太ももまで露出していた。目のやり場に困る。國野は現地の言葉で彼女に声をかけると、私の方を見て言った。

「紹介するよ。妻のレラだ」

レラと呼ばれた女性は、ゆっくりと立ち上がった。すらりとした体軀《たいく》である。大きな目を緩ませて、にっこりと微笑みかけてくる。私が握手を求めると、レラは恥ずかしそうに細い腕を差し出した。彼女の手に触れると、柔らかい体温が伝わってくる。

私は國野に詰《なじ》るような眼差しを向けた。

「勘違いするなよ。日本に戻らない理由。彼女と出会ったからじゃない」

「じゃあ、どういうわけなんだ」

「この国が素晴らしいからだよ。僕はこの国の虜《とりこ》になったんだ」

結局その日は、國野の小屋に泊まることとなった。美しいレラの手料理と、穀物を発酵させたという現地の酒でもてなしを受ける。杯を交わしながら、何とか日本に戻るようにと説得を続けた。だが彼は頑《かたく》なだった。帰る気は毛頭ないようだ。よほど、ここでの生活が気に入ったらしい。せめて家族や恋人に報告だけでもと頼んだが、それすらも拒んだ。ここにいることは、どうしても知られたくないようだ。

「そっとしておいてくれないか。僕はこの国で、本当の人間に生まれ変わろうとしているんだ。日本にいる頃の僕は、社会というシステムに埋め込まれた、哀れな傀儡《かいらい》にすぎなかった。この国にやってきて衝撃を受けた。人生観が根底から覆《くつがえ》されるほどにだ。ここにいれば、日本では決して得ることが出来ない、人生の深遠にたどり着くことが出来るかもしれない。そう思ったんだ。僕はもう、後戻りは出来ないんだよ」

その時は正直、國野の言葉の意味が理解できなかった。一体彼は、この国のどこに惹《ひ》かれ、今までの生活を捨てる決意をしたのだろうか。彼の言葉を聞いて、さらなる興味が湧《わ》いてきた。私も少し、この国に滞在してみることにした。

國野の口利《くちき》きで、近所に暮らすベタという農夫の炭焼き小屋に住まわせてもらうことになった。食事は國野の家か、ベタの家で食べさせてもらう。しばらく暮らしてみたが、予想通り、決して住みやすい国とは言えなかった。道路はほとんど整備されておらず、基本的に徒歩で移動するしかない。気候も不安定で、日中はうだるように暑く、夜は一転して気温が急激に低下する。夏でも屋外で眠ると凍死するらしい。そういった過酷な環境のせいだろうか、足を失ったり、腕が無いといった肉体欠損者をよく目にする。通信網もあまり発達しておらず、日本での生活を考えると、あらゆる点で不便極まりなかった。一体なぜ、國野がこの国に惹かれたのか。すぐには理解できなかった。

確かに、ここに暮らす人々はみな素朴である。異国から来た私を、誰一人警戒することなく、温かく迎え入れてくれた。國野の妻レラも、美人であることを鼻にもかけない、働き者で気が利く女性である。私が世話になっているベタ一家も、どこの馬の骨かも分からない私を、手厚く歓迎してくれている。宿代と食事代として、いくらか渡そうとしたのだが、決して受けとろうとはしない。見返りなども求めていないのだろう。彼らは人を疑うことなど知らぬ、純朴な人達なのだ。確かに不便ではあるが、居心地は悪くない。しかし、そのことだけが、國野がこの国にとり憑《つ》かれた理由だとは考えにくい。

ベタの家は、父と子供二人の三人家族である。母は数年前に他界していた。ベタの子供は娘と息子の姉弟《きょうだい》で、姉のデウタが主に私の世話をする役割だった。デウタは十代後半の、くりっとした瞳《ひとみ》が印象的なコケティッシュな娘だ。國野の妻のレラ同様に、鼻筋の通ったきれいな顔立ちである。

彼女はこの国の他の女性と同じように、献身的で優しい性格だった。身の回りの世話を焼いてくれるだけでなく、外出する時も付き添ってくれた。現地の言葉も丁寧に教えてくれる。私たちは常に、行動をともにするようになった。そして自然に私たちは結ばれた。

あの夜のことは、今も脳裏に克明に刻みつけられている。薄い布一枚のデウタの服。ゆっくりとはぎ取る。露《あら》わとなる褐色の裸体に目を奪われた。ほっそりとした國野の妻のレラと違い、肉感的な体つきである。山脈のように突き出た豊かな乳房。くびれた腰。はち切れそうな太もも。艶《つや》のある肌。かぐわしい独特の体臭。広範囲に陰部を覆いつくす恥毛。潤《うるお》いに満ちあふれている陰唇《いんしん》。陰核に舌を這《は》わせると、唇から歓喜の声が漏れた。

異国の美女との性行為に陶酔した。彼女にとって、私が初めての男性だったようだ。その日から私たちは、昼夜を問わず炭焼き小屋の中で、情交に溺《おぼ》れるようになった。

君のことを想《おも》うと　激しく胸が焦《こ》がれる
君の名を呼ぶと　心がちぎれそうだ

デウタ　君を忘れない
綺麗《きれい》で優しい妻
デウタ　君を忘れない
僕は君に出会うために　やって来たのだから
僕は君のなかで　永遠となるのだよ

デウタとそういった関係となり、私は罪悪感に苛《さいな》まれた。世話になっている家族の娘に手を出してしまったのだ。非難されて当たり前だと思う。娘を手籠《てご》めにしたと、村を叩《たた》き出されるかもしれない。いや、それくらいで済んだらまだいい。うら若き娘を傷物にしたと、村人たちから手荒い制裁を受ける可能性もあった。最悪の場合、命の危険に曝《さら》されるようなことも……。しかし、抗《あらが》えなかった。私にとってデウタは、それほど魅力的な女性だったのだ。

でもそんな私の危惧《きぐ》は、杞憂《きゆう》であったことが分かる。デウタとの夫婦同然の生活は、すぐに周囲に知れ渡ることとなった。彼女の父親の耳にも入ったのだが、怒るどころか二人の仲を歓迎すると言い出したのだ。デウタの弟も同様であり、村中の人たちも、私たちを祝福してくれた。これにはちょっと、私も拍子抜けしてしまった。

そうした経緯を経て、私たちは夫婦同然の関係となった。より一層彼女は、献身的かつ情熱的に私を愛してくれた。私もデウタという存在にのめり込んでゆく。もう彼女のことしか、考えられなくなっていた。あの頃は、愛こそが全《すべ》てだったと言っても過言ではなかっただろう。これまでの人生で、これほど濃厚な恋愛を体験したことはなかった。私の日々の生活は、日本にいる時と比べものにならないほど、充実したものになっていた。

ある日のことだ。私はデウタと連れ立って、國野が暮らす山小屋を訪れた。その時、私は彼にこう告げた。

「この国に来て本当によかったと思う。確かに住むには厳しいところはあるが、人々はみな素朴で穏やかだ。それに……」

私は隣にいるデウタをちらっと見た。彼女は恥ずかしそうに俯《うつむ》く。そんな仕草がたまらなく愛《いと》しい。

「デウタとも巡り会うことが出来た。ここは本当に素晴らしい国だ。君が日本に戻りたくなくなった気持ちが、やっと理解できたよ」

その言葉を聞くと、國野は驚いたように私を見た。そして一呼吸置くと、唐突に笑い出した。横にいたデウタも、台所でお茶の支度をしていたレラも笑っている。もちろん、二人には日本語は分からない。つられて笑っているだけだ。國野の反応は意外だった。私は、笑い続けている彼に問いかけた。

「何がおかしい」

「まだ君は、全然分かってないからさ」

「どういうことだ」

「そういうことじゃないんだよ。この国の、本当の素晴らしさは」

國野の笑いは止まらなかった。何か小馬鹿《こばか》にされているような気がして、少しむっとしながら言った。

「じゃあ教えてくれ。君がこの国の虜になったというわけとやらを」

笑ったままひげ面の顔を近づけ、國野は言った。

「まあ、そんなにあせるな。もうすぐ君にも分かるだろうよ」

この国にやってきて一年以上が経過した。日本には一切連絡を入れなかった。今頃、私も國野と同じ、失踪者扱いであろう。帰る気はなかった。デウタとの生活は充実していたし、子供も生まれたからだ。赤ちゃんは、デウタのようにくりっとした目の、可愛らしい男の子だった。名前はサクと付けた。出産を機に、私たちはそれまで暮らしていた炭焼き小屋を出た。彼女の父親と村人たちが森に丸太造りの立派な家屋を建ててくれたのだ。デウタと産まれたばかりの息子、親子三人の新しい生活が始まった。

　こうして私は、異国の地で家族を持つこととなった。美しい妻と、可愛らしい子供との生活。デウタのおかげで、現地の言葉も、日常的な会話程度ならば出来るようになった。だが楽しいことばかりではない。この国での生活は、想像以上に厳しかった。雨季に入ると、連日のように嵐《あらし》が吹き荒れた。暴風雨によって屋根の一部が飛ばされたり、洪水で家屋が水浸しになったこともあった。乾季には一転して、四十度を超える猛暑日が続き、水不足に苦しめられた。それでも、どうにか乗り越えることが出来た。どんなに生活が厳しくても、私の傍《そば》には、すくすくと成長してゆくわが子と優しい妻がいた。彼らの存在が、私を勇気づけてくれたのだ。私たち夫婦の愛は深まってゆき、さらにもう一人男の子が生まれた。次男はカシアと名付けた。

　カシアが誕生した頃、ルレの丘で盛大な婚姻の儀式が執り行われた。年に一度の収穫祭の最後に、選ばれた男女が神の許しを得て、正式な夫婦となるのだ。儀式の主役は、國野とレラである。この国では、夫婦同然の生活をしていても、神の許しが下りなければ、本当の夫婦とは言えなかった。毎年、秋の初め頃に行われる収穫祭の前に、族長を中心とした村の賢人たちが、神の審判を仰ぐのである。神によって選ばれ、互いの愛が〝真実〟であるとされれば、晴れて夫婦となることができる。審判が下らぬまま、年老いてゆく男女もいた。

もちろん、それは古くから伝わる風習に過ぎない。正式な夫婦の権利を得られなくても、生活に大きな支障はなかった。この国の人々はみな優しい。神に認めてもらえぬからと、後ろ指を指されることなどない。でも、この土地に暮らす愛を誓い合った男女は、神の審判が下るのを心待ちにしていた。〝真実〟の愛を認められるのは、誇らしく名誉なことなのである。そう、ここは愛の国なのだ。

神の許しを得るには、子供が多い方が有利であるといわれている。だが、國野とレラには子供がいなかった。そこで彼は、何とか自分たちの愛を認めてもらおうと、村の賢人たちのもとを毎年訪れ、懸命に懇願をくり返していたという。そしてようやく、その努力が実ったというわけなのだ。

その日は珍しく、雲一つ無い青空が広がっていた。ルレの丘に、村中の人々が集まってきている。私も二人の晴れの姿をしっかりこの目に焼き付けようと、家族とともに丘にやってきた。幼いサクの手を引いて、観衆の最前列に陣取る。乳飲み子を抱いたデウタが、私の隣に並んだ。儀式が始まる。松明《たいまつ》を持った村人の一人が、壇上にある箱形の巨大な櫓《やぐら》にかけより、火が放たれた。あらかじめ油が撒《ま》かれていたのであろう。櫓は一瞬にして炎に包まれる。白い装束を身にまとい、頭に花飾りをした國野とレラが現れた。荘厳な雰囲気の中、観衆は二人の姿を見守っている。デウタもうっとりとした眼差しを壇上に向けていた。儀式は進んでゆく。族長が二人の永遠の愛を神に誓った。見つめ合う國野とレラ。燃えさかる炎を前に、熱い口づけを交わす。族長が大空に向かって叫んだ。

「風よ、山よ、火よ……。見よ、二人の魂は一つになり、永遠となった」

一斉に、村人たちの歓声が上がった。ルレの丘に、祝福の声が木霊《こだま》する。そんな光景を目の当たりにして、目頭が熱くなった。ふとデウタの方に視線を送った。彼女の瞳からも、大粒の涙がこぼれ落ちている。いつの日か、自分たちも神に認めてもらいたい。〝真実〟の愛を……。國野たちのように、〝永遠〟になりたい……。きっと、彼女もそう思っているのだろう。私はデウタの肩を、優しく抱き寄せた。

季節は巡る。子供たちも成長していった。サクは野山を駆け回るわんぱくな子供に育ってゆき、次男のカシアもよちよち歩きをするようになった。三人目の子宝にも恵まれた。三男はウヨリと命名する。

ウヨリが産まれて、しばらく経った頃のことだ。悼《いた》ましい出来事が起こった。レラが亡《な》くなったのだ。森の中で茸《きのこ》を採取している時、腐った大木が折れ、その下敷きとなり死亡したという。神の審判を受けて〝真実〟の愛を認められた二人。運命とは皮肉なものだ。それからわずか一年で、國野の美しい妻レラは、あの世へと旅立ってしまった。

レラの葬儀が終わり、数日が経過した。さぞかし気落ちしているだろう。そう思い、デウタが作った醸造酒を片手に國野の山小屋を訪れた。丸太のテーブルを挟んで、塩漬けの干し肉をつまみに杯を傾ける。こうして男二人きりで話すのは、久しぶりのような気がする。

彼はさほど落ち込んでいるようではなかった。普段と変わらず、軽口を叩いている。最愛の妻が亡くなったのだ。無理して明るく振る舞っていると思うと、心が痛い。

「大変だったな。なんて言葉をかけていいかわからない」

「気にするな。俺はすこぶる元気だよ。毎日が充実してるんだ。生きる気力に満ちあふれている」

そう言うと國野は、私が持参した醸造酒をぐいっと飲み干した。その時、彼の様子を見て、ふと違和感を覚えた。空元気にしては、ちょっと快活すぎやしないか。顔の色艶もいい。もしかしたら、國野はレラの死を悲しんでいないのではないか。ふと、そんな疑問が頭をよぎる。

「一つ聞いていいか。気を悪くしたらすまない。君はレラがいなくなったのに、どうしてそんなに元気なんだ」

「結論から言おう。僕は妻の死を、これっぽっちも悲しんでいない」

國野は、にやりと口元を歪《ゆが》めた。いきいきと目を輝かせながら、言う。

「僕とレラの愛は、神の許しを得て永遠となったんだ。だから、一方の肉体が消えても、何も変わることはない。なぜなら、僕らはもう一つの存在なのだから。それが神の審判を受けた者の特権なんだよ」

「そうか……まあ、とにかく安心したよ。心配していたんだ。君のことだから、思いつめて、よからぬことを考えているんじゃないかって」

「よからぬことって、何だ」

「彼女の後を追って、首でも括《くく》るんじゃないかって」

軽いジョークで言ったつもりだった。この調子だと笑い飛ばしてくれると思っていた。だが彼の反応は、大きく予想とは違っていた。その言葉を聞くと、途端に國野の表情から笑みが失われた。私をじっと見据えると、黙り込んでしまった。

「どうした。気を悪くしたのか」

「いや、そうじゃないんだ」

少し身を乗り出すと、國野が言葉を続ける。

「君は、知らないのか」

「え、何のことだ」

「デウタや彼女の父親から、聞いたことはなかったのか」

「君は、何の話をしているんだ」

「そうか、本当に知らないようだな」

そう言うと國野は小さくため息をついて、私から視線を外した。

「僕はてっきり、もう君は誰かから聞いて知っているもんだと思っていたよ」

「全く分からない。君が何について話しているのか」

「この国のことだよ。なぜ、この国はこんなにも素晴らしいのか。愛の国といわれる、その由縁《ゆえん》について……」

「教えてくれないか」

國野の首がゆっくりと動いた。私の方をじっと見ると、彼は静かに語り出した。

その国は愛の国
そう呼ばれています

諍《いさか》いなどありません　憎しみも嫉《そね》みもありません
人々はみな互いを信じ　愛し合っています
大人も子供も男も女も
父も母も兄弟もみな
その国は愛に満ちあふれています
その国は愛の国
そう呼ばれています

彼の話が終わった。とても平静を保つことができなかった。

呆然《ぼうぜん》としたまま、國野の山小屋を出る。ふらふらとした足取りで家路についた。家に戻ると、デウタと三人の子供たちはもう眠っていた。ベッドに腰掛け、ぼんやりと家族の寝顔を眺める。妻の横顔にかかった黒髪を、そっとかき上げた。デウタの目がゆっくりと開いた。私が傍にいることに気がつくと、にっこりと微笑む。

「おかえりなさい」

私は笑顔で応《こた》えると、半ば微睡《まどろ》みの中にある妻に問いかけた。

「デウタ、一つ聞きたいことがあるんだ」

「どうしたの」

すぐに言葉が出てこなかった。どう切り出せばいいか、わからなかった。

「いや、何でもない」

そう言うと私は、デウタの柔らかい唇に口づけした。

葛藤《かっとう》の日々が始まった。國野の口から語られた、想像すらしていなかった真実。それを知り、何度かこの国を出ようかとも思った。しかし、それは出来なかった。この地には、かけがえのない存在がある。妻と三人の息子たち。彼らとは決して離れたくない。

私は、自分が知ってしまった現実から、目を背けて生きることに決めた。國野の話を、聞かなかったことにすればいいだけなのだ。そうすれば、今までと何ら変わることなく、家族と暮らしてゆける。

そして時は流れた。長男のサクはたくましい男子に育った。次男のカシアは、音楽が好きな陽気な子供に、三男のウヨリは心優しい男の子に成長していった。デウタも、三人の息子を育てながら、私のことを懸命に支えてくれた。優しい妻と子供たちに囲まれた、愉快で楽しい生活。こんな暮らしが永遠に続けばいいと思っていた。だが神は、私たちを見過ごしてはくれなかった。

収穫祭が近づいていたある日のことだ。村の賢人たちが我が家を訪れ、神の審判が下ったと告げる。私とデウタの愛が認められ、正式な夫婦となる権利が与えられたのだ。忘却の海の彼方《かなた》に沈めたはずの、あの記憶が脳裏に甦《よみがえ》った。私は躊躇《ちゅうちょ》する。正式な夫婦となる権利を辞退するという選択肢もあった。だがデウタは、相当嬉《うれ》しかったようだ。報《しら》せを聞くと涙を流すほどに喜んでいた。妻として、女として、この国の人間として、それはこの上ない名誉なのだ。デウタの父ベタも歓喜した。彼も妻が存命していた頃、正式な夫婦として神に認められた過去がある。デウタの親戚《しんせき》も大騒ぎとなった。私自身も、〝真実〟の愛が認められたのは、喜ばしいことだと思っていた。自分は誰よりも、この上なくデウタを愛している。それは嘘偽《うそ》りない。だが、國野の言葉が頭から離れなかった。

数日後、私は子供たちが寝静まったのを見計らって、妻に告白した。正式な夫婦となるのに、迷いがあること。神の審判を受け入れることに、大きく躊躇していることを。だがその言葉を聞くと、デウタはしくしくと泣き始めた。しばらく泣き続けると、ゆっくりと顔を上げる。涙で濡《ぬ》れた瞳を向けて、こう言った。

「どうして、そんなことを言うのですか。これまでの愛は、偽りだったの。あなたは私を愛してないのですか。せっかく神に認められたというのに。私たちの愛が、永遠になるというのに」

　デウタの切ない眼差しを受けて、激しく胸が締めつけられた。彼女が私に異を唱えたのは、おそらくこれが初めてだったと思う。これ以上、彼女を傷つけたくはなかった。

　その年の収穫祭も大詰めを迎えた頃、ルレの丘には大勢の人が集まっていた。私とデウタの婚姻の儀が行われるのだ。私は、神の審判を受け入れることを決意した。國野の時とは違い、その日は小雨がぱらついていた。それでも、ルレの丘は村中の人間で溢れかえっていた。真っ白な民族衣装に身を包んだ、私とデウタが壇上に現れると、人々は祝福の喝采《かっさい》を送る。観衆の最前列にいた三人の息子たちも、どこか誇らしそうだ。歓喜の涙を流しているデウタの父ベタや弟の姿もある。観衆の後の方では、ひげ面の國野が達観した笑みを浮かべてこちらを見ていた。巨大な箱形の櫓に火がくべられた。族長が神に向かって叫ぶ。私は感動に打ち震えているデウタを抱き寄せ、口づけする。村人たちの歓声が轟《とどろ》く。こうして私たちの愛は、永遠となった。

　正式な夫婦として認められてからも、私たちの生活にさほど大きな変化はなかった。家族五人、慎ましいながらも充実した日々が続く。暴風雨や水害、度重なる食糧難や疫病《えきびょう》の流行にも家族一丸となって立ち向かった。困難を一つ乗り越える度に、私たちの絆《きずな》は、強くなっていった。だが婚姻の儀から数年が経ったある日、ついにその時がやってきた。私が忘却の海に沈めたはずの現実と、向き合う時が訪れたのだ。

その夜、家にいたのは私とデウタの二人だけだった。息子たちは、デウタの実家に遊びに行き、泊まってくるという。夫婦水入らずの夜。私は妻の手料理と醸造酒に酔いしれ、いささか酩酊《めいてい》していた。その日の食卓に彼女が出した酒は、普段とは違うものだった。何でも、森の中で採れた野草を発酵させた珍しい酒だという。原料となった野草は、強い麻酔効果があるらしい。飲むのは初めてだが、私は独特の香りをどこかで嗅《か》いだことがあるような気がした。普段はあまり飲まないデウタも、その酒を口にしており、頬がほのかに上気している。

会話が途絶える。デウタは私の方をじっと見つめてきた。その眼差しは母の目ではなく、女の目に変わっていた。彼女はゆっくりと立ち上がると、私の目の前で衣服をはらりと脱ぎ捨てた。ロウソクの灯りだけの薄暗い室内。熟れた褐色の全身が、露わとなった。まるで絵画のような妻の裸体に、思わず息を呑《の》む。やはり美しいと思った。愛おしい柔肌に触れようと、手を差し伸べようとした時、妻が静かに口を開いた。

「もう覚悟は出来ているわ」

はっとして私は手を止めた。デウタは決意の目を向けたまま、言葉を続けた。

「お願いです。私を愛しているのなら。さあ早く」

妻の両目に、涙が浮かび上がってきた。私は何も答えられず、妻の視線から目を逸《そ》らすことしか出来なかった。

「何を戸惑っているの。私は一刻も早く、あなたと一つになりたいの」

「やめろ。やめてくれ」

こらえきれず、私は頭を掻《か》きむしった。

「……そんなこと言わないでくれ」

「あなたは私を愛してないのですか」

「愛している。愛しているから……私を苦しめないでくれ」

「苦しいのは私の方です。お願いですから、さあ早く……レラのように……」

涙に潤《うる》んだ、真《ま》っ直《す》ぐな瞳で私を見つめるデウタ。そして彼女は言った。

「さあ、早く。私を………」

聞きたくない。聞きたくない。聞きたくない。私は椅子《いす》から転げ落ち、思わず両手で耳を塞《ふさ》いだ。そうだ、思い出した。この酒の香り。それはあの夜、國野の家で嗅いだ匂いだ。私の脳裏に、國野との会話が甦ってくる。

「食べたってどういうことだ」

「どういうことって、そのまんまの意味だ」

「では君は……本当に食べたのか……レラを」

「そういうことだ」

思いがけない國野の告白に、我が耳を疑った。

「何を馬鹿なことを言ってるんだ。人をからかうのも、いい加減にしろ」

「からかってなんかいないよ。嘘なんか言っても仕方ないだろ。全部本当のことだ」

まるで挑むように、國野は私の方をじっと見据えた。冗談であって欲しいと思った。

だが彼の表情には、尋常でない気迫が込められている。どうやら、冗談の類いではなさそうだ。

「……信じられない」

「別に信じなくてもいいさ。でも、これは現実なんだ」

「レラは、森の事故で命を落としたんじゃないのか」

「それは表向きの理由だ。村人たちはみんな知っているよ。私が妻の肉体を食して、〝永遠〟となったことを」

「どうして、そんな恐ろしいことを」

「別に恐ろしくなんかないよ。それが、この国の愛の表現なんだ。選ばれた者だけが行使することを許された、〝真実〟の愛の形なんだよ」

そう言うと國野は突然立ち上がり、目を爛々《らんらん》と輝かせて語り出した。

「これは、紀元前よりこの地方で行われている、習わしなんだ。現にこの地方の遺跡からは、人食の痕跡《こんせき》が見つかっている。まあそれは、この国に限ったことじゃない。遥《はる》か昔には、そういったことは世界中で行われていた。日本の大森貝塚からも、人食を示唆《しさ》する人骨が発見されている。現代では文明が発展して、そのようなことは禁忌《タブー》になっているが、人間は本来、共食いする生き物だった。そして西洋文明に毒されることのなかったこの地では、そのような風習が途絶えることなく、今も続いている。言い伝えによると、神は民にこう告げたという。この国は、愛の国である。愛する人と一体になるためには、愛が未来永劫《えいごう》、永遠のものであり続けるためには、その肉体を食《は》むことだ」

「だから君は食べたのか。自分の妻を」

國野は小さく頷《うなず》いた。

「これでようやく、私と妻は一つになった」

「どうかしている」

「どうかしている？　なぜそんなことが言える。これは、この国の風習なんだ。民族の文化を否定する権利は君にはないはずだ。踊り食いや捕鯨の文化を目の敵にする白人と同じさ。愛する者の肉体を食べて一体となる。それは我々人類が、文明が誕生する遥か以前から行っていたことだ。本当の愛、真実の愛、永遠の愛。かつて人類が行っていた愛の始原。それは相手の肉体を摂取し、体内に取りこむことだったんだよ。ここでは今も、その風習が連綿と受け継がれている。この国にたどり着いた時、私は感動に打ち震えたんだ。そして思った。この地こそが、私が探し求めていた場所である。くだらない西洋社会の概念を根本的に否定する、神の国……。人間の本質に迫り、〝真実〟の愛を体感することの出来る愛の国であると。そして私とレラは、〝永遠〟となった」


國野の話を聞いているうちに、視界がくらくらと揺れ始めた。世界が百八十度、回転したかのような、奇妙な浮遊感覚に囚《とら》われる。

「この国の人たちは、そうやってお互いの愛を確かめ合っている。神に選ばれたものだけが、愛する人を食べる権利を得る。君の妻デウタの両親だってそうだ」

國野の言葉に息を呑んだ。確かにデウタの母親は、神の審判が下り、正式な夫婦となった後に死亡している。

「もちろん強制ではないよ。〝真実〟の愛が認められたとしても、絶対に相手を食べなければならないというわけじゃない。選択する権利はある。この国は愛の国だ。どんな人も見捨てず、皆慈悲深く接してくれる。たとえ、神に背いたとしても」

「でも、君は悲しくないのか？　現実にレラという存在は、もうこの世にはいない。君の愛する妻は、死んでしまったんだぞ」

「いや、レラはいるよ」

「君と一体となったからか。永遠になったからか。そういう観念的な話ではない。現実を見ろと言ってるんだ」

「君は相変わらず、何も分かっていないようだな。レラはまだ死んではいない。今もこの家の中にいるよ」

「え、だって君はさっき、彼女を食べたって」

私がそう言うと、國野はわずかに微笑んだ。

「ああ、食べたよ。でも、レラはまだ生きている。会ってみるか」

國野は部屋の奥へと進んでいった。私はよろよろと立ち上がり後を追った。彼は炊事場の奥に架けてあるカーテンを開けて、中へ入ってゆく。國野の後に続いた。初めて入る部屋である。香草のような、何か独特の匂いがたちこめていた。中央に大きな木製のベッドが置いてある。寝室として使われているようだ。ベッドの上には、毛布にくるまった一人の女性がいた。目鼻立ちの整った、細面の顔立ち。間違いなくレラである。だが奇妙なことに、私たちが入ってきても、彼女は反応しなかった。大きく見開いた目は、天井に向けられたままだ。やはり、死んでいるのではないか。そう思った。國野がベッドをのぞき込み、現地の言葉で声をかける。

「レラ、友達が来たよ」

すると……。

まるで機械仕掛けの人形のように、レラの首がゆっくりと動き出した。私の方を見て、にっこりと微笑みかけてくる。國野が挑むように、私を見て言った。

「見てみるか。レラの姿を」

私は黙ったまま頷いた。國野がベッドの上のレラに声をかける。

「毛布を剝《は》いでもいいかい」

麻酔のようなものをかけられているのだろうか。レラの意識は、定まっていないようだ。唇をわなわなと震わせている。何とか國野に視線を送り、許諾の意志を示した。その視線を受けて、國野はベッドの毛布を外す。露わとなるレラの肉体。思わず我が目を疑う。全身が総毛立った。

彼女は全裸だった。だが、驚いたのは裸だったからではない。ベッドの上にあったのは、四肢が失われた肉の塊だったからだ。

首の下に、乳房だけが残された肉の塊――

両肩から先は無く、脚も太ももの付け根から切断され、陰毛と性器が剝《む》き出しになっている。四肢の切断面は肉が赤黒く焼け爛《ただ》れて、血が凝固していた。とても、正視することは出来なかった。足が震え出す。立っていることすらままならず、私はその場に崩れ落ちた。國野はベッドのレラを覗《のぞ》き込むと、こう言った。

「彼女には麻酔効果のある薬草を飲ませてある。だから、痛みはないはずだ」

首と胴体だけのレラが、にっこりと笑う。この部屋にたちこめている匂いは、國野が言う薬草なのだろう。私も薬草の匂いに朦朧《もうろう》として、頭がおかしくなりそうだった。

ふとベッドの向こう側に目をやる。壁際《かべぎわ》に並んでいる黒い瓶《かめ》。その縁から突き出ているものに気がつき、背筋が凍りついた。切断されたレラの腕だ。掌《てのひら》は虚空《こくう》を摑《つか》むかのように、硬直していた。

「これが俺たちの愛の形だ。このまま食べ続けていると、やがて、彼女の命は潰《つい》えてしまうだろう。でもレラは喜んでいるよ。この国の女として、永遠の愛を享受することが出来て」

その言葉を聞くとレラは、うっとりとした眼差しを、國野に向けた。

褐色の左腕が、私の前に差し出される。

「さあ、早く……一つになりましょう」

ゆっくりと妻を見上げた。一糸まとわぬ姿のデウタが、私を見ている。

「お願いです。これがこの国で生まれたものの定め。これ以上私に恥をかかせないで」

「だめだ」

思わず、私はデウタの手を払いのけた。

「そんなこと出来るわけない」

私に拒絶され、彼女の目から涙がこぼれ落ちた。

「どうして……やっぱりあなたは、私を愛していないのですか」

涙に濡れた切ない目で、じっと私を見つめるデウタ。胸が締めつけられる。

「折角、永遠の愛が認められたというのに……。あなたの愛は偽りなのですか。あなたは神に背くというのですか」

思わず、彼女の視線から目を逸らした。澄みきった美しい瞳を見ていると、デウタの言う通りになりそうだったからだ。彼女の願いを受け入れるつもりはなかった。神の審判が下っても、その権利を行使するかどうかは、本人に委《ゆだ》ねられる。選択の余地はあった。私ははっきりと、その気持ちを告げた。

「君を失いたくはない。だから私は、神の審判を受け入れる気持ちはないよ」

その言葉を聞いた途端、デウタの表情は静止する。しばらくすると彼女の口が、静かに動いた。

「わかりました。ずっと私を騙《だま》していたのね。あなたの愛は、偽りだった」

突然、デウタは走り出した。炊事場へと駆け込んでゆく。肉切り用のナイフを取り出し、自分の喉元《のどもと》に向けて、刃先を構えた。

「あなたに愛されていないのなら、生きていても仕方ない」

デウタがナイフを持つ手に力を込めた。慌てて彼女に駆け寄る。すんでのところで腕をつかんだ。ナイフを取り上げると、デウタが激しく泣き崩れた。

彼女は本気だった。もう少し遅れていたら、ナイフは喉元に刺さっていただろう。

私は泣いている彼女に、語りかける。

「そんなことは絶対にない。もちろん私は愛しているよ。デウタは僕にとってたった一人の妻だ。だから、失いたくない」

ゆっくりと顔を上げて、デウタは泣き濡れた瞳で私を見た。そして、小さく首を振った。

「あなたと一つになれないなら、私にはここに存在する意味がないのです。あなたと永遠になりたい。もし本当に、私を愛して下さるのなら」

デウタは肉切りナイフを、私に手渡した。

「お願いです。さあ早く」

真っ直ぐな目で私を見つめるデウタ。葛藤する。

切なく潤む彼女の瞳の虹彩《こうさい》が、ロウソクの灯りに映えてゆらゆらと揺れている。芸術品のように思えた。この世のものとは思えないほどに美しかった。彼女と、一つになりたい。私たちの〝真実〟の愛を、永遠のものにしたい。心からそう思った。

乞《こ》うような、か細い声でデウタが囁《ささや》く。

「何をしているのですか。さあ、早く……」

まるで、催眠術にかけられたかのようだった。肉切りナイフを持った私の右手は、ゆっくりと動きだした。

息子たちとの賑やかな夕餉《ゆうげ》は終わった。その後は、楽しい家族の一時である。次男のカシアが弦楽器を手に音楽を奏《かな》でる。子供たちと声を合わせて、私も歌った。

タイタの森に入り
ヘデュパンの香ばしい匂いがしたら
それがわが家だよ
タイタの森に入り
楽しい歌声が聞こえてきたら
それがわが家だよ
妻との思い出に満ち溢れた
楽しいわが家だよ

陽気な歌声が、家中に響いている。私は歌いながら息子たちを、眺める。この国を訪れて、もうどれくらい経ったのだろうか。子供たちの成長ぶりを眺めながら、その歳月に思いを馳《は》せる。みんな立派に育った。私の血肉を分けた、愛おしい家族たち。この国に来て、本当によかった。私がこの地を訪れなければ、彼らはこの世に生を受けることはなく、巡り会うことはなかった。それはまるで、奇蹟《きせき》のような出来事だと思う。

そしてデウタ……私の永遠の妻。あの夜、私たちは一つになった。一体、自分は何を躊躇していたのだろうか。今思うと、私の選択は間違っていなかったと実感する。本当に、この国に来てよかった。〝真実〟の愛を手に入れたのだから。

この異国の地で、決して日本では得ることの叶《かな》わなかった、人間の本質にたどり着くことが出来た。私はこの地に骨を埋めるつもりだ。そろそろこの手記も、終わりの時が迫ってきたようである。

その時、扉が開く音がした。

デウタが帰ってきた。笑みを浮かべ、ゆっくりと歩いてくる。子供たちの優しい母親。私の永遠の妻。その美貌《びぼう》は衰えることなく、歳《とし》を重ねる毎《ごと》に輝きを増している。

「遅いじゃないか」

三男のウヨリが、口をとがらして言う。

「ごめんなさい。みんな、もうご飯は食べた？」

「みんなで作ったよ。お父さんもおいしいって、沢山食べてくれた」

長男のサクが答える。私は笑顔で頷いた。

「そう。それはよかった。みんなありがとう」

そう言うとデウタはにっこりと微笑んだ。彼女は今日一日、父親の調子が芳《かんば》しくないと実家に戻っていたのだ。次男のカシアが、彼女の手を取った。

「ねえ、お母さんも一緒に歌おうよ」

「そうね」

カシアが妻を、私の隣に座らせる。デウタも加わり、私たちは歌い続けた。その時私は、この上ない至福に満たされていた。

この国は愛の国
憎しみも嫉みもない
奇蹟の愛の国
ルレの風に吹かれて
終わりなき愛の歌
ルレの風に吹かれて

高らかに歌えよ

これで手記は終わりである。なぜならこれ以上、私はもう書くことができなくなるからだ。

一体何が起きたのか。それは、決して知ってはいけない。手記をつぶさに読めば分かることではあるが、絶対に気がついてはならない。

なぜならこの素晴らしき愛の行為が、この国以外の人たちから理解を得ることは、限りなく困難ではないかと思うからだ。

この手記に登場したすべての人や場所に感謝を捧《ささ》げる。

ルレ、サク、ツベ、タイタ、國野、久保田、レラ、ベタ、デウタ、カシア、ウヨリ。

これらは仮称であるが、手記に登場した順に、挙げさせてもらった。

私はもう二度と、日本の土を踏むことはないのだろう。

なぜならこの地で、愛という名の永遠になるのだから。

たとえ天地が返ったとしても。

ルレの風に吹かれて
終わりなき愛の歌
ルレの風に吹かれて
高らかに歌えよ

哲学的ゾンビの殺人

そぼ降る雨に、明滅する赤い光が乱反射している。

深夜、ビル街の一角――

パトカーを降りて、現場へと向かう。レインコートを着た警官たちの間に分け入って、立ち入り禁止のロープをくぐり抜けた。ビルとビルの間にあるスペースに足を踏み入れる。

ベンチが設置してある小公園のような空間である。その奥のビニールシートに覆《おお》われた場所に入った。

鑑識が男性の遺体を取り囲んでいる。カメラのフラッシュに照らされた顔からは、血の気が抜け落ち、雨に濡《ぬ》れたカッターシャツのほとんどは、赤黒い鮮血に彩《いろど》られている。

鑑識の一人が言う。

「心臓を二箇所、撃ち抜かれている。多分即死だろう」

「ここで撃ち殺されたんでしょうか」

「いや、周辺には血痕《けっこん》の飛沫《しぶき》は見つからなかった。どこかで射殺されて、ここに捨てられたようだ」

「なるほど……」

「これはちょっと厄介な事件になりそうだぞ」

「どうしてですか」

「身許《みもと》を特定するものが何もないんだ。免許証とかカードとか……」

「犯人が隠したんでしょうか」

「さあな。見つかったのは、これだけだよ」

鑑識がくしゃくしゃの紙を差し出す。紙片を受け取って、懐中電灯で照らした。

白紙である。紙片には、何も書かれていない。

「遺体が見つかった時、ガイシャ（被害者）が握りしめていたんだ」

遺体に目をやる。真っ白な右手が、何かを鷲《わし》づかみにしたような形で硬直している。

「メモ用紙でしょうか。なんで何も書いていないんだろう」

「さあな。それを調べるのが、あんたらの仕事だろう」

そう言うと鑑識は、再び遺体の方に身を屈《かが》めた。

手にした紙に目をやる。

何も書かれていないくしゃくしゃのメモ用紙――

じっとその紙を見つめた。

＊

「本当にお前がやったのか」

押し殺した声で鳥越《とりごえ》が言う。

正面に座っている男――

背筋を伸ばした上品そうな青年。その問いかけには答えない。鳥越の目をじっと見ている。

鳥越は下腹の突き出た中年男である。薄くなった頭に、汗が浮かんでいる。その傍らに立つ粟島《あわしま》は、対照的に痩《や》せていて背が高い。歳《とし》も鳥越よりは若い。

粟島が、青年に向かって口を開いた。

「本当にお前がやったのかと聞いているんだ」

青年はじっと黙っている。粟島がさらに言う。

「森《もり》……答えろ」

するると、森と呼ばれた青年の口が動いた。

「……こういう部屋って、ドラマとかで見るのとちょっと違うんですね。意外に広いというか」

「そんなことは聞いていない。ちゃんと質問に答えろ」

粟島の声は苛立《いらだ》っている。森は平然とした口調で言う。

「そうですよ。僕が殺しました」

「お前がやったんだな。本当だな」

「その通りです。間違いありません」

森がそう言うと、鳥越はわずかにため息をついた。椅子《いす》の背にでっぷりとした身体《からだ》を埋《うず》める。

粟島が質問を続ける。

「どうして自首してきたんだ?」

「逃げても無駄だと思ったからですよ。自首した方が、罪が軽くなるんでしょ」

森が悪びれる様子もなく言う。鳥越が、机に激しく手を叩《たた》きつけた。

「人の命をなんだと思ってるんだ」

怒鳴り声が、山びこのように周囲に反響する。勢いよく椅子から立ち上がった。

栗島があわてて駆け寄る。

「鳥越さん。落ち着いて、落ち着いて……あとで問題になるとまずいですから」

紅潮している鳥越の顔。森を睨《にら》みつけたまま、不服そうに座った。森は観察するように、その様子をじっと見ている。

一歩前に出て身を屈めると、栗島が言う。

「本当にお前が殺したのか」

「もちろんです。私が殺しましたよ。どうして疑うんですか」

「仕事だからな。お前が本当に犯人かどうか確認しなければならないんだ。これから色々と質問するが、いいな」

「いいですよ」

「どうやって殺害した」

「ピストルで撃ち殺しました」

「ピストルで……何発撃った」

「二発です」

「二発……撃った場所は」

「胸です。胸に二発」

　森がそう言うと、粟島と鳥越は顔を見合わせた。

「どうです。僕が犯人で間違いないでしょう。被害者が射殺されたことは報道されていたけど、銃弾の数やどこを撃たれたかは報道されていないはずですよね」

「確かにそうだな……。では、なぜあんなビル街の一角で犯行に及んだんだ？」

　森はまじまじと粟島を見て言う。

「犯行に及んだ？　もしかしたら、かまをかけているんですか。犯行現場はあの場所ではありません。別の場所で殺害して、遺体をあのビル街の路地に遺棄したんです。このことも報道されていませんよね。捜査関係者と事件の当事者しか知り得ない情報なんです。そうですよね」

　鳥越は憮然《ぶぜん》とした顔のまま答える。

「その通りだ」

「でしょ。だから時間の無駄ですよ。こんな会話していても……。僕が犯人であることは、疑いようのない事実なんですから」

　勝ち誇ったかのように森が言う。冷静な声で粟島が答える。

「どうやらそのようだな」

「これで仕事が減って楽になったでしょう。あなたたちは僕に感謝してもらわないと。犯人を捕まえる手間を省くことができたんだから」

「なんだと」

　鳥越の顔がまた真っ赤になった。

「まあまあ」

　栗島は鳥越をなだめると、森に向き直って言う。

「森数馬《かずま》。三十四歳。間違いないな」

「はい」

「お前が被害者に二発の銃弾を撃ち殺害し、港区◯◯町のビルの敷地内に遺体を遺棄した……。間違いないな」

「その通りです」

「遺体の身許が分かっていない。被害者は一体誰なんだ」

「さあ、僕もよく知りません」

「そんなわけないだろ。お前が知らないはずはない。被害者の身許がばれないように、お前が所持品を隠したんだろう」

「本当に知らないんです。初めて会ったんで……」

「でもお前が殺したんだろ」

「殺しました。それは間違いないです」

鳥越が、訝《いぶか》しげな目で森を見ている。粟島が質問を続ける。

「では……犯行現場はどこだ」

「浦安の使われていない倉庫です。そこで彼を射殺したんです。遺体は僕の車で遺棄現場まで運びました」

「ピストルは、どうやって入手した」

「六本木にいる外国人に声をかけて買いました。簡単に手に入りましたよ。古いトカレフです」

「いくらで買った？」

「結構安かったですよ。七万円でした」

「犯行のために買ったのか？」

「そういう訳ではありません。こんな時が来るかもしれないと思って、予《あらかじ》め買っておいたんです」

思わず鳥越が口を開いた。

「こんな時が来るかもしれない？　どういうことだ」

森が鳥越の目をじっと見て言う。

「ずっと予感がしていたんです。いつかこんな時が訪れるかもしれないって。いや確実にその時はやってきている。もう時間がないと思ったんです。だから……」

再び鳥越と粟島は顔を見合わせる。鳥越が森に向き直って言う。

「では聞くが、なぜあの男を殺したんだ。初めて会った男なんだろう。なぜ殺した？」

「なぜ殺した？」

「そうだ。動機が知りたい」

「動機ですか……」

そう言うと森は口籠《ご》もった。目を伏せて何か考えている。

鳥越と粟島は、森の様子を注視する。声をかけず、次の言葉を待った。

矢庭《やにわ》に森の口が動く。

「理解してもらえるかどうか分からないですけど……」

一呼吸置くと、森は言った。

「哲学的ゾンビだから……」

「ん？」

「あの男は哲学的ゾンビだから……殺したんです」

鳥越の顔が固まった。粟島も虚を突かれたような顔で森を見ている。

屋内は静寂に包まれる。

森と呼ばれた男は、姿勢良く背筋を伸ばしたまま、正面を見ている。

「哲学的ゾンビ？」

思わず粟島が言う。鳥越も口を開いた。

「なんだそれは」

「だから哲学的ゾンビですよ。本当に驚きました。予感があったとは言え、哲学的ゾンビが実在していたなんて……。まさかって思いましたよ。そういうわけで、思わずあの男を撃ってしまったんです」

苛立ちまじりの声で、鳥越が言う。

「だから、哲学的ゾンビって何だ」

「知らないんですか」

森は彼のことをじっと見据える。

「哲学的ゾンビとは、人間と同じように生きていて、話したり笑ったり泣いたりするけど、クオリアだけが失われた存在のこと……」

鳥越は、目を丸くして森の言葉を聞いている。

「何を言っているんだ。意味が分からない」

「だから言ったでしょ。理解してもらえるかどうか分からないって」

嘲《あざけ》るような口調で森が言う。

鳥越の顔がまた紅潮する。

「お前、ふざけているのか」

「別にふざけていませんけど」

「なんだと」

粟島が二人を制する。

「ちょっと待って下さい。聞いたことがあります……哲学的ゾンビ」

そう言うと、ポケットからスマートフォンを取り出した。何やら検索をし始めている。その様子を森はじっと見ている。画面を見ながら、粟島が言う。

「ああ……やっぱりそうです。……哲学的ゾンビというのは、思考実験における仮想の概念のようです」

「思考実験？　なんだそれは？」

すると森の口が動いた。

「思考実験というのは、簡単に言うと……実際には実験を行わず、頭の中だけで想像する実験のことです」

「頭の中だけで？　どういうことだ」

「理論を構築するときや、仮説検証の手段として行われるんです。実現性があるかどうかは置いておいて、ある仮定の条件や装置などを想定し、そこで起こると考えられる現象を理論的に追求したり、理論の矛盾を検証する際に使われるんです。お分かりになりましたか」

鳥越は答えず、呆気《あっけ》にとられたような顔で聞いている。

森が言葉を続ける。

「まだご理解されていないようですね。それでは分かりやすい話をしましょう。『トロッコ問題』をご存じでしょうか」

「トロッコ問題？」

「イギリスの女性倫理学者、フィリッパ・フットが一九六七年に提示した、有名な思考実験の一つです」

一呼吸置くと、森が語り出した。

「あなたは鉄道の線路ポイントのそばに偶然立っています。何らかの理由で接続を外れたトロッコが、猛スピードで下り坂を暴走してきました。止めることは誰にも出来ません。見ると、その先の線路には五人の作業員がいます。このままでは、作業員らはトロッコに轢《ひ》かれて死んでしまいます。あなたがポイントを切り替えて、列車を引き込み線に導けば、五人の命は助かります。しかし運の悪いことに、引き込み線にも、一人の作業員がいることに気がつきました」

森は二人の顔を見渡しながら言う。

「あなたは五人の命と一人の命を比較して、五人を助けるためにポイントを切り替えるでしょうか。それとも、そのまま放置しますか」

鳥越と粟島は、面食らったような顔で森を見ている。森はまっすぐに鳥越を見ると、質問を投げかける。

「さあ、鳥越さんならどうしますか？」

鳥越は言葉につまった。さらに森が言う。

「ポイントを切り替えますか？」

少し考えると、鳥越は口を開いた。

「そんなことはしない」

「どうして？　切り替えないと五人は死んでしまうんですよ」

「でも、ポイントを切り替えると、作業員が一人死んでしまうんだろう。自分の行為によって命が失われるんだ。そんなことはしたくない」

「なるほど……そうですか」

そう言うと森は、視線を粟島に向けた。

「では、粟島さんならどうしますか？」

彼は答えない。腕組みをして考え始めた。森はじっと、その様子を見ている。しばらくすると粟島の口が動いた。

「難しい問題だよ。結論なんか出せない」

「ですよね。五人の命を取るか、一人の命を救うのか。何もしなければ五人は死んでしまう。しかし、五人を救おうとポイントを切り替えると、その行為によって一人の命が失われる。たとえ大勢を救うためであれ、罪もない人を殺してもよいのか？」

淡々とした口調で森は言う。粟島が森に声をかける。

「確かにそうだな。……でもこれは思考実験なんだろ。一体何に関しての実験なんだ」

「功利《こうり》主義《しゅぎ》ですよ」

「功利主義？」

「そうです。この『トロッコ問題』という思考実験は、功利主義に疑問を投げかけるために考案されたものなんです」

そう言うと森は、饒舌《じょうぜつ》に語り出した。

「功利主義とは、十八世紀にイギリスの哲学者ジェレミ・ベンサムが提唱した『最大多数の最大幸福』を目指したものであり、人間の快楽や幸福は計量化でき、社会全体の幸福の総和を最大化するように選択すべきという理論なんです。さっきのトロッコ問題、功利主義的に考えるならば、ポイントを切り替え五人の命を救うことが正解なのでしょう。死亡者を数値化すると五対一なので、一人に死んでもらうしかないのです。それが功利主義者の提唱する『最大多数の最大幸福』というわけなのです。でも本当にその選択が、正しいことなのでしょうか。もし功利主義に従って、ポイントを切り替えて一人を殺してしまったら、その人物はどう感じるのでしょう。本来なら、死ななくてもいい人を殺してしまったのです。自分の選択によって人を殺《あや》めてしまったという罪悪感に苛《さいな》まれることは間違いないと思います」

鳥越の方を見ると、森は言葉を続ける。

「さっきの鳥越さんの答えが、人間のリアルな感覚なのでしょう。ですから、この

『トロッコ問題』という思考実験は、個人や社会の幸福は数値化できるという、功利主義的な理論の矛盾を明らかにするために、考え出されたものなんです」

そこまで言うと、鳥越が声を上げた。

「分かった。分かった。トロッコ問題についてはもういい。それで、お前がさっき言った哲学的なんとか……」

間髪容《い》れず栗島が言う。

「哲学的ゾンビです」

「そうそう……。その哲学的ゾンビとやらと思考実験とは、一体どんな関係があるんだ」

「それもネットに出ていると思いますよ。さっき栗島さんが見ていたサイトのページ、続きを読んでみて下さい」

あわてて栗島は、手にしたスマホの画面を見た。歩きながらサイトの内容を読み上げる。

「……『哲学的ゾンビ』とは、オーストラリアの哲学者、デイヴィッド・チャーマーズが一九九〇年代に提唱した思考実験における概念である。彼らは肉体をはじめ、脳の神経細胞の状態まで、物理的に測定可能なすべて、及びその行動も普通の人間と区別できないが、内面的経験すなわちクオリアを欠いているものを言う……」

「クオリアってなんだ」

　鳥越の質問に、すぐさま森が口を開いた。

「クオリアとは、客観的には観察できない意識の主観的な性質のことです。日本語では『感覚質』と訳されます。例えば、青い空を見たときの感覚や、冷たい水を飲んだときの感じとか、初めて女性を抱きしめたときの感じなど、何でもいいんですが、そのときに経験した主観的な感覚のことです。僕は今朝この洗い立てのカッターシャツを着たとき、すごく気持ちが弾みました。そういった内面的な体験は自分以外の人間には分かりませんし、みな同じだとは限りません。その個人しか経験することのできない特有の感覚です。クオリアとは、そういった人間の意識の不思議さを象徴するために、九〇年代の半ばから科学者や哲学者の間で広く使われるようになった言葉なんです」

　鳥越が腕組みをして考え込んでいる。自信なさげな声で森に言う。

「つまり……人間の意識みたいなものなのか」

「意識そのものではありません。意識の一部という表現が妥当なのでしょう。クオリアの存在を説明する上で、『コウモリであるとはどのようなことか』という思考実験があります」

「コウモリ……？」

「一九七四年に、アメリカの哲学者トマス・ネーゲルが論文で発表した思考実験です。コウモリにとって、コウモリであるとはどのようなことなのか。コウモリになってみないと分からない特有の体験や感覚があるはずだというんです。コウモリは人間と同じ哺乳類《ほにゅうるい》でありながら、その生態は大きく違っています。コウモリは、ほとんど目は見えないが、高周波の鳴き声を発して、その反響によって外界の様子を知覚しています。コウモリの感覚器官は、人間の持つどの感覚器官にも全く似ていません。彼らは腕に膜があり、昼間は洞窟《どうくつ》の奥で逆さまにぶら下がり、夜は外に出て、口で虫を捕らえる。だから僕ら人間には、コウモリであるということはどんな感覚なのか、到底理解することはできません」

「そんなの当たり前だろ。人間とコウモリは違うんだ」

「そうなんです。仮に、ある科学者がコウモリの神経回路を研究し尽くし、脳の反応や生態などについても完璧《かんぺき》な知識を持っていたとしましょう。でもそのような人でも、コウモリにとって、コウモリであることがどういった感覚なのか、どういう世界を感じながら生きているのかは、決して知ることはできないんです。つまり、物理化学的、神経生理学的な機能をいくら研究しても、『コウモリであること』は解明できない……」

「つまり、こういうことか……」

森の背後を、うろうろと歩いていた粟島が口を開いた。

「そのコウモリの思考実験は、生物や人間の意識を、いくら科学で説明しようとしても、説明しきれないのではないかという問題提起である……とか？」

「その通りです。さすがですね、粟島さん。理解が早い。人間の意識や心という存在は、脳が生み出した電気信号による物質ではないかという考えがあります。世界は全《すべ》て物質でできているという、物質主義や唯物論《ゆいぶつろん》といった考え方ですね。つまり物質主義の見地に立つなら、心についても科学で解明できるはずなんです。でも、物質の性質や知識が完璧に得られたとしても、『コウモリであること』の感覚質……つまりクオリアは説明できない。我々生物の意識には、決して科学では解明できないクオリアが存在する。この思考実験はそのことを示唆《しさ》しているんです。……というわけで、クオリアについてはお分かりになりましたか。鳥越さん」

森は対面を見据えて言う。

憮然とした顔のまま鳥越が答える。

「クオリアについてはもういい。……それで、哲学的ゾンビとは一体何なんだ」

「本当に知らないんですか？」

訝しげな目で森は彼を見る。少し間を置いて、鳥越は言う。

「知るわけないだろ」

「だから……哲学的ゾンビとは、人間からクオリアを取り除いた存在なんです」

「全く意味が分からない」

スマホを手に、粟島が口を開いた。

「ネットにはこう書かれています……。人間には意識やクオリアがある。それを前提として、物理的には我々の世界と全く同じで、外から見ても区別できないクオリアを欠いた世界、すなわち哲学的ゾンビだけがいる世界を仮定したとする」

「哲学的ゾンビだけの世界？　なんだそれは」

鳥越が声を荒らげる。森がそれをいなした。

「まあまあ。最後まで聞きましょうよ」

「……我々が暮らす現実世界には、自分自身にも他者にも、意識というものが存在する。その現実世界から、意識のなかにあるクオリアだけを消去したものが哲学的ゾンビの世界である。だが表面的には、現実世界と哲学的ゾンビの世界とは何ら相違はない。物理学的見地からすると、この二つの世界は同一のものと言えよう。従って以下のことが導き出される。意識やクオリアに関する事柄は、物理学的法則には含まれないのだ。よって物理学では、意識やクオリアについては説明できないのである。それなのに現実世界には、意識やクオリアというものが存在するのはなぜなのか。物理学的知見によって、現実世界の全てを説明できるという物質主義の考えは間違っていることになる」

読み終えると、粟島はスマホの画面から目を外した。

鳥越は口をぽかんと開けたままである。

その目を見ながら森が静かに口を開いた。

「この哲学的ゾンビの思考実験は、さっきのコウモリの実験と同じ、人間の意識やクオリアとは一体何なのか？　という問題を追求したものなのです。脳における物理的、化学的な機能と意識や心の関係の研究では解明できない『意識のハードプロブレム』と言われる問題です。どうして物質でしかないはずの脳や身体から、意識という物質ではないものが生じるのか。意識というものの正体は何なのか。私とは誰なのか。どうして私という存在は『私』なのか。社会から認識されている『私』という存在は何者なのか。この思考実験は、物質主義への反論だけではなく、そういった『人間とは何なのか』という哲学的な命題への問題提起でもあるわけです」

　森が語り終えると、屋内は静まりかえる。

　しばらくすると、鳥越が口を開いた。

「つまり、その哲学的ゾンビというのは現実には存在しないんだろ。思考実験を行う際に設定された、仮想の存在に間違いないな」

　鳥越の言葉に、森は答えない。凛《りん》とした眼差《まなざ》しを彼に向けたままである。

　仕方なく粟島が答える。

「その通りです」

　鳥越は、森を見据えて言う。

「じゃあなんで、お前はさっきあんなこと言った。哲学的ゾンビだから殺したと……。現実には存在しない哲学的ゾンビを殺せるはずはないじゃないか」

　相変わらず森は答えない。黙ったままである。

　鳥越と粟島は、次の言葉を待つ。しばらくすると、森の口が開いた。

「そうなんです……僕もそう思っていました。哲学的ゾンビは思考実験における仮定の存在のはずであると。でも、そうじゃなかったんです。僕は知ってしまいました。哲学的ゾンビが実在しているという現実を……」

「実在しているとは、どういうことだ？」

鳥越が森に詰め寄った。

「さっきも言ったとおり、哲学的ゾンビという存在は、外見だけでは人間と見分けが付かないんです。話したり笑ったり泣いたりするけど、クオリアだけが欠落しているんです。人間そっくりだけど、自我が失われた存在なんです」

「だからそんな人間が、本当にいるわけないだろ」

鳥越の言葉に、森も語気を強める。

「どうしてそう言い切れるんですか。哲学的ゾンビは、人間と全く同じで見分けが付かないんです。でも彼らは僕らに紛れて、この世界で生活しています。電車に乗って会社に行って……。本当に彼らは存在しているんです。この世界に、クオリアを欠いた哲学的ゾンビがあちこちに存在しているのは、疑いようのない事実なんですから」

「だって、見分けが付かないんだろ。だったら証明できないんじゃないのか。お前はただ、この現実の世界に、架空の存在である哲学的ゾンビがいると思い込んでいるだけなんじゃないか」

「そんなことはありませんよ。彼らは実在するんです。だからこうして……、それでは、鳥越さんの方こそ証明できるんですか。哲学的ゾンビはいないということを」

挑むように森は鳥越を見据える。

鳥越は声を荒らげた。

「何を馬鹿《ばか》なことを言っている。お前とこれ以上くだらない議論などする気は毛頭ない。俺が知りたいのはそんなことじゃない。お前がなぜ、殺人を犯したかということだ」

「だから、ずっと言ってるじゃないですか。あの男が哲学的ゾンビだって分かったから殺したって」

「くだらないことばかり言って、時間の無駄だ。本当のことを話すんだ。一体なぜあの男を殺した。本当の動機は何なんだ」

再び鳥越が机を叩いた。屋内に音が反響する。

今度は粟島が口を開いた。

「いいか森……。我々が知りたいのは事実だけだ」

そう言うと粟島は、森の顔を凝視する。

「お前は何らかの理由で、被害者のことを哲学的ゾンビだと思った。だから殺害した。そのことに嘘《うそ》偽りはないいな」

「本当です。嘘偽りなどありません」

「でも、どうして被害者が哲学的ゾンビだと見分けることができたんだ。さっきの話だと、哲学的ゾンビは人間そっくりで、外見だけでは判別できないんだろ」

「そうなんです。彼らは内面以外は人間と全く同じで、見分けることは不可能です。だからあの男を倉庫に誘い出したんです。そこである特殊なテストをしました。哲学的ゾンビかどうかを見分けるテストです」

鳥越は苦虫をかみつぶしたような顔で、二人の会話を聞いている。粟島が質問を続ける。

「どんなテストだ」

「心理テストのようなものです。ある役柄になりきって演じてもらうんです。それで、テストの結果、見事彼が哲学的ゾンビであることが証明されたというわけです」

「証明された……。どんな風に？」

「テストの時の様子からですよ。その結果、クオリアの欠如が明らかとなったんです」

「クオリアの欠如？　具体的にはどんな様子なんだ」

「いろいろあります。例えば、話しているときの瞳孔《どうこう》のわずかな変化などです」

「外見じゃ、見分けることはできないんじゃないのか」

「見分けることができるようになったんです。普通の人が見たら分からないですよ。僕だから、判別できるんです」

「ではお前は、テストを施せば相手が哲学的ゾンビかどうかを見分けることができるということだな」

「その通りです」

　粟島は鳥越と顔を見合わせた。二人は険しい表情を浮かべる。

　質問を続ける。

「……お前は被害者にテストを実施した。そして彼は、クオリアを喪失した哲学的ゾンビだと判断した。だから殺害した……。ここまでは間違いないな」

「間違いありませんよ」

「なるほど……では訊《き》くが、哲学的ゾンビをなぜ殺さなければならないんだ」

「分からないんですか」

「ああ、分からない。教えてほしい」

「いいでしょう」

　そう言うと森は、じっと粟島を見る。

「感じませんか。この世界が徐々に変容しているような感覚を……」

押し殺した声で、森は言葉を続ける。

「世界は徐々に変容している……。見た目には何も変わっていませんが、昨日、今日、明日とこの世界は粛々と変わり続けています。そしていつの間にか、恐ろしいことに、世界は僕らの条理では理解できないほどに変貌《へんぼう》を遂げていた……。もしかしたらそれは……彼らのせいかもしれないと僕は思うようになったんです」

「彼らとは、哲学的ゾンビということか」

「そうです。彼らは知らない間にこの現実世界に存在し、増え続けているんです。だっておかしいと思いませんか。ここ最近、理解不可能な事件が立て続けに起こったり、意味もなく人が無残にも殺されているではないですか。僕だけでしょうか。この世界から徐々に、感情や人間性のようなものが失われていっているような気がするのは……」

凜とした目を、森は栗島に向ける。

「だから僕はその原因が、人間によく似た……でも人間とは違う、クオリアを欠いた存在……。つまり哲学的ゾンビが増殖したからなのではないか？　そう考えるようになったんです」

「それで、殺そうと思ったのか」

「そういうことです。放っておいたら、世界はクオリアを欠いた人間だらけになるかもしれない。そう考えると恐ろしくなって……。手遅れにならないうちに、彼らを消滅させなければならない。だから、行動に移すことにしたんです」

そう言うと森は、じっと二人を見据えた。

「ではなぜお前は、その哲学的ゾンビが増殖したと考える？」

「二つの説があります。一つは自然に発生したという説。実は人類の進化において、クオリアの欠落はプログラムされていたのではないかというのです。人間が次なるステージに到達するためには、クオリアは不要である。だから彼らは人類の進化の過程で、クオリアが欠落した状態で誕生し、増え続けているんです。いわば先天的哲学的ゾンビというわけです。その場合は、僕のようなものがいくら活動しても、彼らを根絶やしにすることは不可能なのかもしれません。だって哲学的ゾンビの発生は、進化論によって決定づけられたプログラムなのですから……。やがて僕ら旧人類は淘汰《とうた》されれ、世界は哲学的ゾンビだけのものとなるのでしょう」

「なるほど。それではもう一つの説は？」

「もう一つは、誰かが明確な意志を持って、哲学的ゾンビを作り出しているのではないかという説です。それが誰なのかは、僕は知りません。科学者なのか、国家なのか、宗教団体なのか、その正体は分かりませんが、彼らは人為的にクオリアを喪失させているというのです」

「人為的に？」

「そうです。ある方法を使って哲学的ゾンビを作り出しているのです。後天的な哲学的ゾンビです。十年ほど前に、人工的にクオリアを取り除く方法が発見されたという情報が、ある一部の間に拡散しました」

「クオリアを取り除く？　どうやって」

「これもいろんな説があります。例えば南米にそれ専用の大規模な施設があり、そこにクオリアを取り除く装置が存在しているという説。または、クオリアを取り除く特殊な薬品が発明されたという説。最近では、それを舐《な》めるとクオリアが失われるというキャンディーが存在するという情報もあります。この世の中に嫌気が差した者たちが、『自我を殺す』ためにそのキャンディーをこぞって舐めるというのです」

「その集団はなぜ、哲学的ゾンビを作り出しているんだ」

「それもよく分かっていません。きっと『人類の幸福は、クオリアからの解放ではないか』などということを信じている狂信的な集団なのでしょう。彼らはクオリアという存在こそが、人間の罪悪や苦悩の原因なのではないかと考えているといいます。だから、それを取り除けば、我々は、日々の葛藤《かっとう》や煩悩《ぼんのう》から解放されるに違いないと」

「クオリアからの解放？」

「ええ……でも僕は、それは違うと思うんです。コウモリからクオリアを取り除けば、外見はコウモリでも、コウモリではなくなるように、人からクオリアを取り除いたら、人間ではなくなってしまう。だから、この世の中が哲学的ゾンビだらけになる前に、なんとかそれを食い止めたいと思って、あの男を殺したんです」

森の顔をじっと見ると、栗島が言う。

「だったら、なぜ自首してきたんだ？　もうこれで哲学的ゾンビは殺せなくなるぞ」

「僕一人の力で、彼らを根絶やしにするのは不可能です。だからこうして自首して、世の中にこの恐ろしい現実を知ってもらおうと思ったんです。自分が『哲学的ゾンビ』を殺害した事実を表明することで、今起こってる人類の危機を知らしめたかった」

突然、鳥越が立ち上がった。

「いい加減にしろ」

激昂《げっこう》したまま、森の方に詰め寄ってゆく。

「もう我慢できない。訳の分からない話ばかりして。一体何が目的なんだ」

「ちょっと鳥越さん。落ち着いて」

粟島が制止するも、鳥越の勢いは止まらない。

「本当にお前が殺したのか。暇つぶしに我々をからかいに来ただけなんじゃないのか」

「違います」

「嘘をつけ」

「嘘なんかじゃありません。僕が殺したって言ってるじゃないですか」

「さっきからお前の供述を聞いていると、犯人だとは思えなくなってきた。訳の分からないことばかり言って、捜査を攪乱《かくらん》しようとしているんだろう。お前の本当の目的は一体何なんだ」

そう言うと鳥越は、身を乗り出し森の顔を見る。

「答えろ。お前は犯人じゃないんだろ。もしかしたら……お前は誰かをかばっているんじゃないのか」

慌《あわ》てて粟島がそれを制する。

「ちょっと待って下さい。遺体の銃創の数や被弾の位置、遺体が見つかった場所が犯行現場ではないことなど、概《おおむ》ね彼の供述は間違っていません。この期《ご》に及んで、この男が有力な被疑者であるという前提は崩さない方が」

「いや、そんなのただのまぐれ当たりだろう。やはりこの男の犯行動機には全く納得ができない。クオリアとか哲学的ゾンビとか、意味不明なことばかり言って我々を煙に巻こうとしている」

「確かに、この男の言っていることは理解できません。でも嘘は言っていないと思うんです。少なくとも彼は、被害者のことを『哲学的ゾンビだと思い』殺した。そのことは本当なんじゃないでしょうか」

森は、二人のやりとりをじっと見ている。

「俺はそうは思わない。とにかく真実が知りたいんだ。本当にこの男が、射殺事件の犯人なのかどうか。もしこいつが犯人だったら、哲学的ゾンビとかじゃなく、納得できる動機が知りたい」

せせら笑うように森が言う。

「どうしてそうなるのかな。僕が殺したって言ってるのに……。普通逆じゃないですか？　取調べって『自分はやっていない』とかいう人間に自供させるものでしょう。でもあなたは、素直に自首してきた人間を疑い、犯人じゃないと否定する。これ以上やっても時間の無駄かもしれませんね」

すると突然、鳥越が踵《きびす》を返して動き出した。

机から離れ、壁際《かべぎわ》にある事務机の方まで歩いてゆく。

しばらくして戻ってくると、机の上に一枚のメモ用紙とボールペンを置いた。森が鳥越を見上げて言う。

「これは？」

「遺体はこれと同じようなメモを握りしめていた」

「メモ？」

「もちろん知っているよな」

「ええ……もちろん」

「そのメモ用紙は、殺害後に犯人が遺体に握らせた可能性が高い」

森は白いメモ用紙を見て、じっと考え込んでいる。

粟島は固唾《かたず》を呑《の》んで、二人の様子を見ていた。

鳥越が森を見据えたまま言う。

「お前が犯人ならば知っているはずだ。遺体に握らせたメモ用紙には、何と書いてあった？」

鳥越は、森にボールペンを差し出す。

「そうだ。さあ、ここに書いてみろ。メモ用紙にお前が書いた文字を」

森がボールペンを受け取った。粟島はじっと鳥越の様子を見ている。

ボールペンを手にしたまま、森はメモ用紙に向かう。

その体勢のまま、じっと考え込んでいる森。しばらくすると、彼の口が動いた。

「遺体が握りしめていたメモ用紙には……」

鳥越と粟島は息を呑んだ。森が言葉を続ける。

「何も書かれていなかった……」

鳥越がはっとしたような顔で森を見る。

「白紙でした」

そう言うと森は、不敵な顔で視線を向けた。

「何も書かれていなかった……本当か」

「本当です。遺体が握りしめていたメモ用紙は真っ白だった……。僕が握らせたので、間違いありませんよ」

二人は黙り込んだ。

「これで僕が犯人であることが証明されたのではないですか」

「いや、まだだ……。では遺体が紙を握りしめていたのは、右手だったのか。それとも、左手なのか……」

「もちろん分かっていますよ」

森はメモ用紙を凝視する。しばらくすると口を開いた。

「僕が紙を握らせたのは……」

二人はじっと、森の方を見ている。彼は言葉を続ける。

「左手でした」

「本当か？」

「ええ、左手でしたよ。どうです、正解でしょう」

鳥越は、驚いたような顔で言う。

「その通りだ」

二人は沈黙する。

すると森が立ち上がった。口調を変えて言う。

「それでは、そろそろ終わりにしましょうか」

途端に鳥越の表情が綻《ほころ》んだ。粟島もほっとしたような顔を浮かべる。

二人に笑顔を向けると、森は言った。

「お疲れさまです。お呼び立てしてすみませんでした」

その刹那《せつな》――

鳥越が、ズボンの後ろポケットからピストルを取り出した。森に向かって構えると、引き金を引く。

銃声が屋内に響き渡った。

一発……二発……。

苦悶《くもん》の表情とともに、森はその場に崩れ落ちる。

ピストルを持ったまま、鳥越が立ちすくんでいる。粟島も乾いた目で、床に倒れた森の様子を見ている。

森の白いシャツは、被弾した胸から溢《あふ》れ出てくる血に染まっている。しばらくするとうめき声も途絶え、見開いた眼球からは意思が失われる。

粟島が鳥越に言う。

「何も殺すことはなかったのでは」

「どうして」

「だってこの男はまだ、何も事件を起こしていませんよ」

「確かにそうだな……」

そう言うと鳥越は、まだ硝煙の匂《にお》いがするピストルを後ろポケットに仕舞う。

「でも仕方ないだろ。この男は生かしておくと、我々に何をするか分からない……。それが分かっただけでも、彼の申し出を受けた甲斐《かい》があったと思うが」

「トロッコ問題ですか」

「そういうことだ。多少の犠牲はやむを得ない」

床に視線を落とすと、呟《つぶや》くように言う。

「この死体……どこかに捨てに行かないといけないな」

「そうですね」

「あ、それと……机の上のメモを死体に握らせておいてくれ。白紙のままでいいから」

「白紙ですか……」

「見せしめだよ。さっきのテストで話した事件の通りにするんだ」

「わかりました」

栗島は机の上にあるメモ用紙を手に取った。死体の左手に紙を握らせようとする。

「ちょっと待て」

鳥越が言う。

「右手にしろ」

「右手ですか？　さっき彼は左手だったと言っていましたが」

「別にいい。少し変えたくなった」

　栗島はひざまずき、死体の右手を持ち上げた。指を開くと、紙を握らせる。ゆっくりと立ち上がった。

　遠くで霧笛の音がする——

　しばらく無言のまま、その場に佇《たたず》んでいる二人。

「蒸し暑いな」

「雨が降りそうですね」

　栗島は、頭上に並んでいる薄汚れたガラス窓を見上げた。

「でもこういうときに、洗い立てのシャツに着替えると、どんな感じがするのでしょうか」

「さあな」

　広大な敷地の中心に置かれた椅子と机。

　薄暗い倉庫のなか。

　湿気と血の臭《にお》いが充満していた。

この閉塞感漂う世界で起きた

犬を散歩させているマダム然とした女性が歩いてきた。

種類は分からないが、犬は耳の大きな小型犬で、ペット用の服を着ている。女性がこちらを見て「こんばんは」と上品な笑顔を向けてきた。仕方なく隅田肇《すみだはじめ》も笑顔を返すと、彼女は通り過ぎていった。

瀟洒《しょうしゃ》な家が建ち並ぶ夜の住宅街——

外灯の下、懐《なつ》かしい街並みを眺めながら肇は歩いている。なぜこの場所にいるのかは分からない。この辺りは、かつて運送会社で働いていたときに担当していたエリアだった。そのころは、まだ自分は随分と若く、溌剌《はつらつ》としていた。結婚もして、子供も生まれて、未来に対しての夢や希望もあった。そんな自分にとって一番よかったときのことを思い出したい。だからふらりと足が向いたのだろう。

肌寒い夜だった。ほぼ毎日、ここ最近は眠るときもずっと着ているコートの襟をそば立てる。すでに夜の八時を過ぎていた。人の姿はあまりない。歩きながら、肇は後悔し始めていた。少しでも前向きになれればと思っていたが、来てみると、もっと気分が滅入《めい》ってしまったからだ。なぜなら彼は、今住む場所がない。一ヶ月前にアパートを追い出されたのだ。しばらくはネットカフェを渡り歩いていたが、所持金が底を突きそうだ。ここ最近は公園で寝泊まりして生活している。

肇は三年前に運送会社を退職した。退職と言っても、体のいいリストラである。腰を悪くしたので、勤務形態を見直して欲しいと申し出たら、途端に給料が下がり、嫌がらせを受けるようになった。そして挙げ句の果てに、早期退職を迫られたのだ。僅《わず》かながらの退職金を手に、三十年も勤めた会社を追い出された。それから、別の仕事を転々としたが、何をやっても上手《うま》くいかなかった。家族にも出て行かれ、先月はアルバイト先の工場も閉鎖になった。

何でこんなことになってしまったのだろう。ずっと懸命に働いてきたのに。会社のために。家族のために。まさか自分が五十を過ぎて、こんな境遇に追いやられるとは、夢にも思っていなかった。定年まで勤め上げ、孫に囲まれた豊かな老後を送るものだと信じていた。

灯《つ》りの点いた邸宅が並ぶ道を歩き続ける。自分はこうして、寝床もなく彷徨《さまよ》っているのに、こんないい家に住んでいる人もいる。暖房が効いた部屋で、ぬくぬくと家族団欒《だんらん》のときを過ごしているのだ。先ほどすれ違った女性も、きっとこちらの身なりを見て怪訝《けげん》に思ったに違いない。どうしてこんな高級住宅街に、無精髭の貧相な男が歩いているのか。顔にこそ出していなかったが、心の底で見下しているのだ。さっきの女性と自分の年は、そう変わらないと思う。それなのに、どうしてこんなにも差があるのだろうか。同じ日本人なのに、この違いは一体何なのか。自分はどこで間違ったのか。それとも、生まれ育ちが違うので、境遇を比べること自体無意味なことなのだろうか。蛙《かえる》の子は蛙なのだ。どうあがいても、蛙以外にはなれない。遺伝子レベルで、自分がこうなることは運命づけられていたということなのか。

そういえば近ごろ、上級国民という言葉をよく耳にする。インターネットで使われる俗語で、一般国民とは違う「上級」の国民を意味するらしい。具体的な定義はないらしいが、いわゆるエリート層のことを指すのだという。身分制度は戦後に廃止されたはずである。だが上級国民という言葉が象徴するように、現代でも貧富の格差は確実に存在している。少し前に、元官僚が多数の死傷者を出す人身事故を起こしたが、逮捕されないという事件もあった。そのときは、容疑者が上級国民だから警察が忖度《そんたく》したのだという噂《うわさ》が広まった。自分もそのニュースを聞いて、激しい憤《いきどお》りを覚えたものだ。

一体この国はどうなるのだろうか。景気は一向に良くなる気配もなく、政治は停滞したままだ。少子化で人口は減少、社会はどんどん高齢化している。引きこもりの子供が年を取り、親も老人となり社会から孤立するという問題も巷《ちまた》を賑《にぎ》わせている。八《はち》〇五〇《まるごーまる》問題と呼ばれ、それに起因する事件も起きた。また官僚の話だが、元事務次官が四十代の引きこもりの長男を刺殺したのだ。動機は長男が家庭内暴力を繰り返し、他人にも「危害を加えるかもしれない」と思ったからだという。SNSでは毎日のように、不特定多数の人間が歪《ゆが》んだ正義を振りかざし、誰かの個人攻撃を繰り返している。陰惨な事件も後を絶たない。そういえば、自分がこの辺りの担当だったときも、この界隈《かいわい》で通り魔殺人が頻発していた。結局未《いま》だ犯人は見つかっていないようだ。見ず知らずの人間を殺害することに、どんな意味があるのだろうか。今も、人間性が失われたような、理解不能な事件が次々と起こっている。この国は本当にどうかしている。

だが、自らのこういった境遇を嘆いてばかりいても仕方ない。まずは目先の生活を何とかしなければならない。それにしても寒くなってきた。もうすぐ本格的な冬を迎える。この先、自分はどうすればいいのだろう。具体的な名案はない。自分の運命は、この寒空の下で野垂れ死にするしかないのだろうか。そんなことを考えながら歩いていると、肇はふと足を止めた。

視線の先に、一軒の邸宅があった——

古めかしい二階建ての立派な家だ。生け垣の向こうに芝生の庭があり、一階のガラス戸が半開きだった。部屋の灯りは全部消えている。どうやら留守のようだ。不用心な家である。そう思い、通り過ぎようとした。

肇はまた立ち止まった。見渡すと周囲には誰もいない。もしかしたら、これは絶好の機会なのかもしれない。これほどの豪邸なのだ。きっと金目の物があるに違いない……。いや、そんなことをしてはいけない。頭に浮かんだ非道徳的な考えを懸命に振り払う。肇は多くの日本人がそうであるように、生まれてこの方犯罪などに手を染めたことはない。どんなに貧しくても苦しくても、人の道に外れたことなどしたことはなかった。

でも、もう限界なのかもしれない。このままではいずれ自分は死んでしまうのだ。犯罪を起こすのは、許されないことだと分かってはいたが、この矛盾だらけの格差社会で生き残るためには、方法を選んでなんかいられないのも自明の理なのだ。それに上級国民から物を盗んでも、悪いことではないような気もしてきた。何か行動を起こさないと、世の中はいつまでも不公平なままである。

吸い寄せられるように、邸宅の方に向かっていった。周囲に目を配りながら、手前にある鉄柵《てっさく》を摑《つか》んだ。台石に足をかけ、生け垣をよじ登る。庭に飛び降りると、一目散に開けっ放しのガラス戸の方に向かった。心臓の鼓動が高まってくる。靴を脱いで、濡《ぬ》れ縁《えん》の上に登った。建物のなかに身を投じる。

暗がりのなか、目を凝らした。

外からの月明りで、まるで見えないというわけでもない。注意深く、室内を見渡す。外見通りの広い家だ。広いリビングに、アンティークな家具やソファが配置されている。ダイニングは一段高くなっていて、奥にキッチンがあるようだ。足音を立てないように歩き出した。灯りは消えているが、誰かいる可能性は否《いな》めない。なるべく時間をかけないようにして出て行かなければならない。

金目の物はどこにあるのだろうか。泥棒の経験がないので、皆目見当が付かない。高そうな花瓶や壁に掛けられた絵画はあるが、持ち出せそうにないし、そもそも価値があるものかどうか分からない。それ以外に目につくのは、サイドボードに飾られた家族写真の類《たぐい》ぐらいだ。

息を殺しながら、室内を歩き回る。リビングを通り、ダイニングに侵入した。磨き上げられたフローリングの中心に、大きな大理石のテーブルが鎮座している。周囲を見渡すと、窓際《まどぎわ》にファックス付きの電話を載せた台があった。その下が物入れになっている。ここに何かありそうだ。電話台に近寄り、その前で屈《かが》み込んだ。戸を開き、なかを物色する。だが現金や金になるような物は見当たらない。通帳やカードのようなものもなかった。あるのはペンやホチキスなどの文房具類に、家電のマニュアルや新聞記事の切り取りが貼《は》られたスクラップブックだけだ。ここも期待できそうにない。

肇は薄暗い室内を見渡した。すぐに現金や貴金属類が見つかるかと思っていたが、現実はそう甘くはなかった。あまり長居するのも危険である。この辺りで退散した方がよさそうだ。そう思ったときだった。

玄関のドアが開く音がした。男女の声がする。誰か帰ってきたみたいだ。足音がこっちに向かってくる。

肇の顔面は蒼白《そうはく》となる。まずい。足音が近づいてくる。慌《あわ》てて出て行こうとするが、入ってきた庭のガラス戸までは距離がある。今、庭側に出ようとすると鉢合わせになる可能性があった。足音はすぐそこまで迫ってきた。反射的に肇は、キッチンに駆け込んだ。流しの奥のダストボックスの陰に身を潜める。

ドアが開く音がして、誰かが入ってきた。リビングとダイニングの照明が灯り、部屋の中は途端に明るくなった。肇は凍りついたように、身体を屈ませている。

「あの人は、いつもいつも私の所為《せい》にして……」

何かぶつぶつと言っている。どうやら入ってきたのは一人だけのようだ。声からすると、わりと年配の女性らしい。キッチンに来られたらまずい。もうこれ以上隠れる場所も、勝手口のような出口もない。

息を潜めて、その場で固まっていた。自分が今できることは、彼女がこちらに来ないように神に祈るしかない。女性がまた部屋を出て行けば、隙《すき》を見て脱出できるかもしれない。

「あれ、どうしたのかしら……出しっ放しにして」

女性が呟《つぶや》く声が聞こえてきた。そういえばさっき、電話台から出した物を元に戻していなかった。それに気がついたのだろう。もはや万事休すである。自分が見つかるのも時間の問題なのだろう。何か行動を起こさねば。咄嗟《とっさ》に手を伸ばした。音を立てないようにして、流しの下の慳貪《けんどん》の戸を開ける。戸の裏側に差してある数本の包丁のうち、一本を手に取った。意を決して立ち上がる。

電話台の前にいる女性の背中に向かっていった。気配に振り返ると、彼女は大きく声を上げた。

「声を出すな」

包丁を向けて肇は言う。女性は大きく目を見開くと、よろよろとその場に座り込んだ。上品な銀髪の女性である。年齢は七十を越えているのだろう。驚きのあまり、口を魚のように開けてぱくぱくとさせている。逃げるなら今だ。庭のガラス戸に向かおうとした。すると、

「どうした」

男が入ってきた。白髪頭の男性だ。目を丸くして肇を見ている。リビングにあるドアの方から入ってきたので、庭に出る動線を塞《ふさ》がれてしまった。長身で痩《や》せぎすの気難しそうな男性である。

「誰だお前は」

男性は、肇を睨《にら》みつけて言う。庭の方には出られない。仕方なく、床に崩れ落ちている女性の背後に回り込んだ。羽交い締めにして、包丁を突きつける。男性が肇に言う。

「馬鹿《ばか》なことはするな。今すぐ包丁を置いて、ここから出て行くんだ」

「うるさい」

「悪いことは言わない。私の言う通りにした方がいいぞ」

諭すように男性が言う。上から目線の言葉が癇《かん》に障《さわ》った。上級国民かなんだか知らないが、今この場を支配しているのは自分である。

「うるさい。俺に偉そうに言うな。この婆《ばあ》さんの命がどうなってもいいのか」

「あなた、言う通りにして」

女性が震えながら、口を開いた。困ったような顔を浮かべると、男性は肇に言う。

「わかった。お前の目的はなんだ」

「金だ。金を持ってこい」

「いくら欲しい」

「全部だ。ありったけの金を持ってこい」

男性は少し考えると口を開いた。

「わかった……」

部屋を出て行こうとする。あわてて、肇は呼び止めた。

「ちょっと待て。携帯電話かスマホを持っているだろ。ここに出してから行け」

男性は立ち止まり、肇を見据える。無言のまま、ポケットからスマートフォンを取り出した。

「テーブルの上に置け」

言われた通り、男性はスマートフォンをダイニングテーブルの上に置いた。女性の喉元《のどもと》に包丁を突きつけたまま、肇は言う。

「いいか。通報するとか、余計なこと考えるんじゃないぞ。もしそんなことしたら、すぐにこの婆さんを殺す。わかったな」

その言葉を聞いて、女性があわわと目を閉じた。落ち着いた声で男性が言う。

「そんなことするわけない。金を取ってくる。待っていろ」

そう言うと男性が部屋を出て行った。女性に包丁を向けたまま、彼が戻ってくるのを待つ。本当にあの男は、言う通り金を持って戻ってくるだろうか。少し不安になる。スマホを取り上げたが、他の方法で警察に連絡を入れることは簡単なことだ。電話の子機が別の部屋にあるかもしれないし、パソコンがあればメールやＬＩＮＥで外部に危機を知らせることも可能だろう。自分が逆の立場だったら、きっとそうすると思う。それに二人暮らしかどうかも分からない。誰かほかにも住人がいて、警察に連絡させるかもしれない。

やはり、このままここに留まっていることは危険なのかもしれない。逃げるなら今だ。金を受け取れないのは仕方ないが、捕まっては元も子もない。すると、

「どうしてこんなことするの」

女性が掠《かす》れた声を出した。肇は彼女を睨みつけて言う。

「うるさい。黙ってろ」

女性は口を閉ざした。だが、少しすると彼女はまた、窺《うかが》うように言う。

「あなた、初めてでしょ。こんなことするの」

本当のことを言われ、思わずはっとする。

「私には分かるの。あなたのどきどきしている心臓の鼓動が伝わってくるから」

震えながらも、声をかけてくる女性。その言葉を聞いて、僅かに罪悪感が芽生えてきた。肇の母親は、二十代のころに亡《な》くなっているが、生きていたら彼女くらいの年齢だろう。そう思うと、少し後ろめたい気持ちになってきたのだ。だがここで隙を見せてはいけない。心を奮い立たせて、肇は声を荒らげる。

「だから、黙ってろって言ってるだろ」

女性は身を震わせる。すると足音がして、男性が戻ってきた。

「持ってきたぞ」

彼は銀行の封筒を肇に差し出すと、テーブルの上に置いた。女性に包丁を向けたまま、別の手で封筒を取る。

「二十万円入っている。家にある現金はそれだけだ。これを持って、すぐにここから出て行ってくれ」

「本当にこれだけなのか」

「ああ、本当だ。家には、あまり現金など置いておきたくないからな」

手にしている、あまり厚みのない封筒をちらりと見る。なかには一万円の束が入っていた。確かに二十万くらいはある。危険を冒して強盗までしたことを考えると、物足りない金額だ。しかし、今の肇にとってこの二十万円はとんでもない大金であることも間違いではない。これがあれば、取りあえずは何かうまいものが腹一杯食える。暖かい場所でぐっすりと眠ることもできる。

「本当に、これしかないんだ。お願いだ。悪いことは言わないから。早くこの家から出て行って欲しい。頼む……」

切実な顔でそう言うと、男性は頭を垂れた。少し禿《は》げている頭頂部が晒《さら》される。悪い気分ではなかった。上級国民が、自分のような者に頭を下げているのだ。戦利品の額としては十分とは言えなかったが、目的は果たせた。

女性から離れ、立ち上がった。包丁を男性に向ける。庭側に視線を送った。あとはあのガラス戸から逃げ出すだけだ。自分が出て行った後、二人はすぐに警察に通報するだろう。ここを出た後は、全速力で走り、できるだけ遠くに逃げなければならない。

でも走り出そうとした、そのときだった——。

「ちょっと待って」

女性が口を開いた。

「それだけじゃ、足りないでしょう」

思わず肇は彼女の方を見た。女性は男性に向かって言う。

「あなた、寝室のクローゼットの奥の黒い箱のなかに、いくらか現金があるはずよ。それも持ってきてあげて」

「何を言ってるんだ。お前は」

「いいから言う通りにして。この人は困っているようだから」

「でも」

男性は躊躇《ちゅうちょ》している。女性は肇の方に視線を向ける。

「全部で百万円くらいはあると思うわ。それで大丈夫かしら」

「え……」

百万円という言葉を聞いて、生唾《なまつば》を呑《の》み込んだ。

「さあ、あなた早く」

女性に促され、男性はまた渋々部屋を出て行った。肇は包丁を握りしめたまま、そ

の場に立ちすくんでいる。すると、

「よっこらしょっと」

と床に手をついて女性が立ち上がった。覚束ない足取りでダイニングの椅子《いす》に座り込むと、肇に言う。

「でも驚いたわよ。殺されるかと思ったわ。庭のガラス戸から入ってきたのね。家を出るときに慌てていたから、閉め忘れたのね。よくあるのよ、こういうこと。私っておっちょこちょいだから。いつかこんなことがあるかもしれないって思ってたの」

彼女はすっかり落ち着きを取り戻している。

「でも、泥棒があなたみたいな人でよかった。あなた、きっといい人よね」

肇は答えず、視線を逸《そ》らした。

「あ、そうだ。まだ自己紹介していなかったわ。私は榎並《えなみ》文代《ふみよ》。主人は晋一《しんいち》と言うの。あなたのお名前は？」

肇は彼女を睨みつける。

「言うわけないだろ」

「そりゃそうよね。でもちょうど良かったわ。少し私の話し相手になってくれないかしら。もうずっとあの仏頂面《ぶっちょうづら》の旦那《だんな》と二人暮らしで、ほとほと嫌気が差していたところなのよ」

「じゃあ、この家にはあんたたち二人しかいないのか」

「そうよ。こうしてあなたみたいな若い男の人とおしゃべりするの、久しぶりだわ」

「若くなんかない。もう五十を過ぎてるよ」

「あら、そうなの……。でも私たちから比べたら、全然若いわよ。で、なんでこんなことしたの。お金に困っているの？　もしそうだったら、いくらでもあげるわ。私たちはもうこんな歳《とし》でしょ。お金なんか持ってあの世に行けないんだから」

文代はなぜか饒舌《じょうぜつ》に話しかけてくる。理由は分からない。もしかしたら、逃げないように自分を引き止めているのかもしれない。やはり先ほど、夫が警察に連絡したのだろうか。だが、彼女はずっと自分と一緒にいた。夫が通報したかどうかは知らないはずだ。それに彼は、自分を早くこの家から出て行かせたいようだった。でも文代はそれを遮り、自分を引き止めた。一体それは何故《なぜ》なのか。人の良さそうな老婦人だ。もしかしたら、本当に話し相手になって欲しいだけなのか。

肇は葛藤《かっとう》する。ここで逃げ出しておいた方が賢明なのだろう。だが、百万円が手に入るのかもしれなかった。ここで出て行けば、みすみすそのチャンスを逃してしまうことになる。肇が戸惑っていると、

「ねえ、教えて下さらない。どうしてこんなことするの」

女性がまた聞いてくる。大きくため息をつくと肇は言う。

「いいよ。教えてやるよ。あんたらみたいな上級国民と呼ばれる連中が許せないからだ。不平等なこの日本に、ほとほと嫌気が差したからだ。少しぐらい、幸福を分けてもらってもいいんじゃないかと思ってね」

「なるほど、そういうことね。世知辛い世の中だものね。でも残念ながら、私たちは上級国民なんかじゃないわよ」

「でも、こんないい家に住んでるじゃないか」

「国民に上級も下級もないわよ。あなたも私たちも同じ日本人だわ。それに、いい暮らししているみたいに見えるけど、私たちだってそれなりに悩みや苦しみを抱えて生きているのよ」

「あんたにも苦しみなんかあるのか」

「もちろんあるわ」

肇は鼻で笑って言う。

「あんたらの苦しみなんか、どうせ大したもんじゃないんだろう」

すると文代は僅かに目を伏せた。

「私たちには娘がいたわ」

視線を落としたまま、語り出した。

「亜矢子《あやこ》って言うの。動物が好きな、よく笑う明るい子だった。一人娘だったから、私も主人も娘を溺愛《できあい》して、大切に育てたの。でも大学に通うようになってからしばらくして、突然家に戻ってこなくなった」

「戻ってこなくなった？」

「失踪《しっそう》したのよ。忽然《こつぜん》と姿を消したの。もちろん警察に捜索願を出したわ。夫と二人で、娘の友達とか思い当たるところは方々捜したりもしたわ。でも結局見つからなかった。もう何十年も前の話だけど……。でも、今でも諦《あきら》めていないのよ。もしかしたら、『お母さん、ただいま』って、ふらっとあの娘《こ》が戻ってくるかもしれないって」

切々と文代は話し続ける。それを聞いて肇は、なんだか居たたまれないような気持ちになってきた。

「あ、そうだ。写真があるのよ。見て下さらない」

そう言うと文代は立ち上がった。よろよろとした足取りで、リビングの方に向かってゆく。テレビの脇《わき》にある飾り棚の前まで来ると、肇に言う。

「これは全部、亜矢子の写真よ」

侵入したときは気がつかなかった。飾られていた写真立てのなかは全《すべ》て、一人の若い女性が写っていた。

色褪《あ》せた数点の写真――

二十歳くらいの笑顔の可愛らしい娘である。若かりしころの両親と写った写真もあった。

「もう何十年も待っているの。亜矢子が帰ってくるって信じて……」

「何十年も……」

文代は皺《しわ》だらけの目を細めて、失踪した娘の写真を眺めている。

そんな彼女を見ていると、先ほど鼻で笑ったことを後悔した。自責の念がこみ上げてくる。何不自由のない、豊かな生活をしているように見えた。だが彼らは、想像も出来ないような苦しみを抱えていたのだ。自分はそんな彼らを上級国民呼ばわりして、金を奪い取ろうとしている。母親ほどの年齢の女性を脅迫してまで。自分自身がとこ とん卑《いや》しい存在に思えてきた。

「この男に、そんな話なんかするんじゃない」

憮然《ぶぜん》とした顔で、晋一が戻ってくる。

「あなた、遅いじゃないの」

「どこにあるか分からなかったんだ。お前がへそくりしていたなんて、知らなかったからな。さあ全部で百万以上はある。これを持ってすぐに、ここから出て行きなさい」

晋一が手にしていた封筒を差し出した。封筒はさっきよりは厚みがある。肇は黙ったまま、それをじっと見た。

「どうした。さあ、これを持って早く」

夢にまで見た大金である。喉から手が出るほど欲しいのは間違いなかった。だが文代の話を聞いて、今は呵責《かしゃく》の念に苛《さいな》まれている。こんな姿を見たら、天国の母親はどう思うだろうか。自分の行動の浅はかさを後悔した。自らの愚かさを思い知らされる。

思わず言葉が出た。

「やっぱり受け取れないよ」

「何を言っているんだ。これでも不満なのか」

「違うんだ」

「違うってどういうことだ」

「あなた、ちょっと待って」

夫を制して文代は、肇に向き直った。優しく声をかける。

「ねえ、どういうこと？　全部あなたのものよ。持って行っていいのよ」

「受け取れるわけないよ。あんな話聞かされたら……。この金を持ってここを出たら、本当に俺はどうしようもない奴《やつ》ということになる……だから」

感情が昂《たか》ぶってきた。二人を上級国民だと決めつけて襲ってしまった自分は、このままでは本当の意味での下級国民である。自らが置かれた窮状を全て社会の所為にして、歪んだ義憤にかられて罪もない彼らに危害を加えようとしている。情けなくてたまらなくなった。

図らずも涙がこみ上げてくる。泣いていることを悟られないようにして、頭を垂れた。手にしていた包丁と二十万が入った封筒を、リビングのテーブルの上に置く。

「申し訳ないことをした。あなたたちには本当に迷惑をかけた。警察に連絡して、罪を償わせて欲しい」

肇は覚悟する。別に逮捕されても仕方ないと思った。自分の愚かさを償うのは、それしか方法がない。

二人は困ったように顔を見合わせている。少し考えて、晋一が口を開いた。

「早く出て行け」

「え？」

「出て行けと言ってるんだ。警察には言わないから。さあ早く」

我が耳を疑った。

あんなに酷《ひど》いことをしたのに、この男性は自分を許してくれるというのだ。終始苦虫を噛《か》みつぶしたような顔をしているが、心根は温かい人のようだ。彼の優しさが胸にしみた。また泣きそうになる。

深々と頭を下げて、外に出ようとした。だが、

「ちょっと待って」

文代がまた肇を呼び止めた。

「お腹《なか》減ってるんでしょう。一緒に食事でもどうかしら」

「お前は何を言ってるんだ」

呆《あき》れたように晋一が言う。

「だって、ずっと聞こえていたのよ。あなたのお腹がグーグーと鳴っている音。私たちもこれから夕食だから、ちょうど良かったわ。ご飯食べる時間ぐらいあるでしょ。これも何かのご縁だと思って」

文代が料理の皿を運んでくる。

鯖《さば》の味噌《みそ》煮である。ダイニングテーブルの上には、人数分のサラダや炊《た》きたてのご飯、大皿に盛られた煮物などが並んでいる。料理の匂《にお》いに胃袋が刺激され、生唾がこみ上げてきた。

「お口に合うかどうか分かりませんけれど。どうぞ。冷めないうちに召し上がって。あ、今お味噌汁入れてきますから」

そう言うと、彼女はキッチンに戻っていった。晋一は渋い顔のまま、箸《はし》を手に取り食べ始める。文代が料理を作っている間も、彼はずっと黙ったままだった。

目の前の鯖の味噌煮をじっと見る。味噌の照りが光り輝いているように見えて、本当に旨《うま》そうだ。空腹には抗《あらが》えない。小さく手を合わせると、箸を取り、鯖を口に運ぶ。舌の上で身がほぐれ、香ばしい味噌の味が広がってくる。茶碗《ちゃわん》を持ち、湯気のたった白飯を頬張った。涙が出そうになる。こんな旨い飯を食うのは、何年ぶりだろう。ここ最近はコンビニのパンやおにぎりしか口にしていなかった。

「お待たせしました」

文代がキッチンから出て来て、味噌汁を配膳する。彼女も席について「いただきます」と食事を始めた。

「どんどん食べてね。お代わりしたいなら、遠慮なく仰《おっしゃ》って」

「ありがとうございます」

　夢中で飯を頬張りながら、肇が言う。

「でもあなた、こうして二人以外で食事するのって、本当に久しぶりよねえ」

　晋一は答えない。黙ったまま味噌汁を啜《すす》っている。

「あなた、この方はね、うちが上級国民の家だと思って泥棒に入ったらしいわよ。不平等な日本に嫌気が差したからだって。うちが上級国民だって。おかしいわね」

　文代が笑いながら言う。茶碗を持ったまま、肇は小さく頭を下げる。

「本当に申し訳ありません」

「あなた、お名前は」

「隅田肇と言います」

「そう、ご職業は」

「ええ……」

　肇は二人に自分の身の上を話し出した。三年前に勤めていた運送会社をリストラされたこと。家族に出て行かれたこと。先月、アルバイト先の工場が閉鎖になり職を失ったこと。アパートも追い出され、ホームレス同然の生活をしていること。一通り話し終えると、文代が口を開いた。

「そう、大変ね。誰か頼れる人はいないのかしら。ご両親は？」

「自分が若いころに、二人とも病気で亡くなりました」

「ご兄弟とか、親戚《しんせき》とかは」

「兄弟はいません。親戚ももう付き合いはありません」

「そう。じゃあ誰も頼る人がいないってわけね」

「はい。お恥ずかしい話ですが。それで途方にくれて、あちこち彷徨っていて、久しぶりにこの地域を訪れてみようと思って」

「この辺りに住んでいたことがあるの」

「いえ、そういうわけではありません。運送会社にいるときに、この地域の担当だったんです。それで、懐かしいと思って」

「へえ、そうなの。それはいつごろかしら？」

「ええ、もう随分前です。二十代のころでしたので、三十年ほど前になりますが」

するとと、文代は感嘆の声を上げて言う。

「まあ、もうそのころは私たちもここに住んでいたわよ。奇遇よね。もしかしたら、どこかですれ違っていたかもしれないわ。これは本当に運命かもしれないわよ」

にこやかな顔で文代は言う。本当に気のいい人である。泥棒に入った自分を許してくれただけではなく、こうして旨い料理まで食べさせてくれる。そんな彼らに対し、自分が取った行動を思い返すと、また申し訳ないような気持ちになった。

「先ほどはすみませんでした。あんな酷いことをして。出来心だったんです。自分だけが不幸だと思い込んでいて。お二人はもう何十年もつらい思いをされているのに……。自分がつくづく情けなくなって」

「もういいのよ。あなたが泥棒したことは、ちゃんと戸締まりしていかなかった私たちにも落ち度があるんだから。それに、今日起こったことは、とても素敵な出来事だと思っているのよ」

「素敵な出来事？　どうしてですか」

「だって、肇さんみたいないい人に出会えたんだから。丁度娘と同じような年ごろだし。そうだ。いいことを思いついたわ。あなた住むところがないんでしょう。もしよかったら、うちで暮らさない。私たちの子供になりなさいよ」

「馬鹿なこと言うんじゃない」

箸を持ったまま、晋一が口を開いた。

「冗談に決まってるでしょう。無粋《ぶすい》な人ねえ」

それには答えず、晋一はまた食べ始める。気まずくなった雰囲気を取り繕うようにして肇は言う。

「亜矢子さん、戻ってくるといいですね。手がかりとかは全然ないんですか」

「ええ……残念ながら。最初のころは目撃証言もあったから、それを信じて主人と探しに出かけたけど、今はもう情報も入らなくなった。でもまだ諦めていないわよ。私たちが生きている間に見つかるわ。私は信じ続けている。それに……もしかしたら亜矢子は私たちのすぐ側《そば》にいるのかもしれない。そう感じるときがあるの。希望を捨てたら終わりよ。絶対に大丈夫」

自分に言い聞かせるように文代は言う。そんな彼女の様子を見ていると、肇はより一層切なくなった。

「だから、あなたも気を落とさないで生きて欲しいの。大変な世の中だけど、希望を無くしてしまったらもうおしまいよ。信じ続けていれば、必ず道は開けてゆくわ。明けない夜はないのよ」

「確かにそうですね。こんなこと言える立場ではないですけど、あなた方に出会えて本当によかったです。希望が湧《わ》いてきました。自分を許してくれただけでなく、こんなに良くしてもらって。世の中捨てたもんじゃないんだなって」

「そう思ってもらえたら嬉《うれ》しいわ」

「今この国は、出口のない閉塞感《へいそくかん》が漂っています。景気は回復する様子はなく、貧困層は増加し、格差はどんどん広がっていく一方です。社会は高齢化し、八〇五〇問題も深刻な社会問題となっています」

「引きこもりの子が成長して、親も老人になってしまう問題でしょ。年を取った子供を、高齢の親が支えてゆくなんて大変よねえ。つらいと思うわ」

しみじみと彼女は言う。

「人間性を欠いたようなおかしな事件も後を絶ちません。そういえば確か、この辺りでも恐ろしい通り魔事件が起こっていました。相次いで、通行人が通り魔に襲われて殺される事件です」

肇がそう言うと、文代が僅かに視線を落とした。晋一の箸が止まり、はっとしたような顔で肇の方を見る。少し間を置いて彼女が口を開く。

「そういう事件もあったわね」

「結局、犯人は捕まっていないんですよね」

「ええ、そうらしいわ。恐ろしいわね」

「あ、もしかしたら……」

そこまで言いかけて、肇は口を閉ざした。

「どうしたの？」

「いえ、何でもないです」

二人の娘は通り魔に殺されたかもしれない——

ふと、そんな推測が脳裏をよぎったのだ。だが、今それをここで口にするのは、あまりにも不謹慎であることに気がついた。だから、途中で話をやめたのである。さっき事件のことを話したときも、少し変な空気になった。もしかしたら、二人も娘が事件に巻き込まれたのではないかと思っているのかもしれない。そう思うと心が痛んだ。

「確かにあなたの言う通りだわ。今、世の中は大変な時代だとは思う。でも、全てを時代の所為にしてはだめだと思うの。いつのころも、みんな社会に不満を持って生きているものよ。私たちが若いころだってそうだった。だから私たちは諦めず、前を向いて生きるしかないんだわ」

「仰る通りです」

「あなたさっき、上級国民とか言っていたけど、そんなことを気にするのは馬鹿らしい……」

文代が言いかけたそのときだった。

「もうやめろ」

突然、晋一が声を上げる。

「あなた」

肇を睨みつけて言う。

「だから、やめろと言ってるんだ」

箸を置いて立ち上がった。こっちに近寄ってくる。肇は身構えた。憮然とした顔で、傍らを足早に通り過ぎていく。慌てて文代が言う。

「ごめんなさいね。驚かせて」

「いえ」

ばたばたと物音を立てて、晋一が部屋を出て行った。廊下に出ても、まだ何かぶつぶつと言っている。

「気にしなくていいのよ。あの人は少し変なの。たまにあるのよ。あんな風に突然癇《かん》癪《しゃく》を起こしたりして。もういい加減うんざり」

「いえ、自分の方こそすみません。図々しく食事までしてしまって。そろそろ帰ります。ご馳《ち》走様《そうさま》でした。本当にありがとうございました」

そう言って肇は椅子から立ち上がった。慌てて文代がそれを制する。

「帰りますって、どこに帰るの。行くところがないんでしょう」

「ええ、まあ……」

「今日はとても寒いわ。うちに泊まっていけば」

「そんな、滅相もございません。自分は、この家に押し入り、あなた方に危害を加えようとした人間なんです。それをこんなに良くしていただいて……。食事だけで充分です。さすがにご主人も気を悪くされているようですし」

「あの人のことはどうでもいいのよ。それに、さっき私が言ったこと、あながち冗談ではないから」

「さっき言ったことって」

「うちの息子にならないかってこと。私はこれを運命の出会いだと思っているの。あなたみたいな素晴らしい人が現れるのを私はずっと待っていたの。これは千載一遇《せんざいいちぐう》の出会いなのよ。私たち夫婦はもうこんな歳でしょ。死ぬまでに娘に会いたいとは思っているけど、寄る年波には勝てないわ。一緒に娘を捜して欲しいの。私たちの力になって。お願い」

「でも……」

「いきなりごめんなさい。でもあなたは住む家がないんでしょ。だったらこの家で暮らせばいいじゃない。遠慮なんかしなくていいから。亜矢子を捜すのを手伝ってくれたら、それだけでいいのよ。もちろんそれ相応のお礼をするわ。あなたにとって、悪い話じゃないと思うけど」

肇は言葉を失う。

「いきなりごめんなさい。でも私、思ったことを何でも言わないと気がすまない性質《たち》だから。すぐに返事が欲しいとは思っていないわ。ゆっくり考えてみて。あ、お風呂《ふろ》沸かしますから、入ってね。温まるわよ」

ベッドに横たわった。

二階の八畳ほどの寝室。ゲストルームとして使われている部屋のようだ。それにしても、こんなふかふかのベッドで眠るのは久しぶりだ。風呂に入り、身体《からだ》も温まった。羽根布団《ぶとん》をかぶり、多幸感に包まれる。

つい数時間前は、寝床もなく彷徨っていた。そう思うと、これは本当に奇跡のような出来事である。しかもあの文代という女性は、この家で暮らせばいいという。もちろん職も失い、住む場所もない肇にとっては、願ってもない話だった。これで食事や寝床の心配はいらない。二人の娘の捜索を手伝いながら、自分の仕事も探して生活の基盤を立て直せばいい。本当にあの女性の言う通りだと思った。世の中捨てたもんじゃない。世間を恨んでばかりいても仕方ない。希望を失ったらおしまいだ。信じ続けていれば、絶対に道は開けてゆく。

文代たちの力になりたい。肇はそう思った。今度は自分が二人を助ける番なのだ。彼女の申し出を引き受けることが、運命なのかもしれない。

次第にうとうとしてきた。唐突に睡魔が襲ってくる。

虚《うつ》ろな意識のまま、考えを続ける。

でも正直、あまりの急激な展開に戸惑いがないわけではない。あまりにも出来すぎた話である。一抹の不安がよぎった。彼女はなぜ、その日初めて会った人間に、こんなにも良くしてくれるのだろうか。しかも自分はこの家に押し入り、金品を奪おうとしたのだ。人に優しくされたことがあまりないので、戸惑っているのだが、それにしても親切すぎるのではないか。用心するに越したことはない。もしかしたら、何か裏があるのかもしれない。

そうだ。思い出した。部屋を物色したときに見た、電話台の下にあったスクラップブック。古い新聞記事が貼られていた。あのときは金目のものにしか頭がいってなかったので、よく見ていなかったが、あれは確か全部、何か事件の記事だったような気がする。もしかしたら、一連の通り魔事件の記事なのかもしれない。そうだとしたら、一体なぜあの二人は事件の記事を集めているのだろうか。そう言えば食事のときも、自分が通り魔事件の話をしたら、変な空気になった。あのときは、彼らも通り魔に娘が殺された可能性があると鑑《かんが》み、気を病んでいるのかもしれないと思ったのだが、本当はそうではないのかもしれない。

ある想像が頭に浮かんだ。

きっとあの夫妻は、通り魔事件と関係しているのだ。二人が犯人である可能性も考えられる。娘を失った悲しみでおかしくなり、社会への復讐《ふくしゅう》のために殺人を繰り返しているのかもしれない。

もしそうだとしたら、彼らが自分に親切にする理由は何なのだろうか。もしや……。自分も彼らの生《い》け贄《にえ》……。

背筋が冷たくなってきた。まずい。このままここにいたら、いずれ殺されるのかもしれない。

早く逃げなければ……。だが、そう思ったときはもう後の祭りだった。起き上がろうとしても、身体が思うように動かないのだ。一体これはどういうことなのか。あの料理に、薬が入っていたのだろうか。

意識が朦朧《もうろう》としてきた。こつこつと足音がする。誰かが廊下を歩いてくる音だ。

怖い……。恐ろしくてたまらないのに、逃げ出すことが出来ない。

こつこつこつ……。

足音は次第に大きくなってきた。それに伴い、意識も混濁してくる。誰かがドアを開けた。こっちに近寄ってくる。だが金縛りにあったように、身動きが取れない。

こつこつこつ……。

もう逃げ出すことも、絶叫することも出来ない。誰かが間近に迫ってくる。

殺される――

肇は激しく後悔した。こんな家に入らなければよかった。やはり慣れない犯罪などするものではない。

そう思った途端、肇の意識は途絶えた。


鳥のさえずりが聞こえてくる。

天気のいい穏やかな朝だ。

テーブルの上には、こんがりと焼けたベーコンが添えられたオムレツやサラダなどの朝食が並んでいた。目の前では晋一が、相変わらず不機嫌な顔でトーストを頬張っている。

「どう、昨日はぐっすりと眠れたかしら」

優しく微笑《ほほえ》みながら文代が言う。

「ええ、おかげさまで。久しぶりに熟睡させてもらいました」

「そう、それはよかったわ」

昨夜は怖い夢を見たのだが、そのことは言わなかった。朝目覚めると、あの恐ろしい想像は全て自分の思い過ごしだったことを悟る。誰かに襲われたようなことも、悪い夢だったようだ。二人を疑ってしまった自分を深く恥じた。こんなにも良くしてくれるのに、彼らを通り魔事件の犯人かもしれないと思ってしまったのだ。出来の悪いミステリー小説じゃあるまいし。

やはり、自分はつくづく駄目な人間であると痛感する。本当に情けなくなった。己の顔を思いっきり、殴りつけたい気分である。このままでは到底、二人の温情を受ける資格などない。ナイフとフォークを置くと、肇は背筋を正して言う。

「いろいろとお世話になりました。お二人には感謝しています。朝食を頂いたら、ここを出て行こうと思います」

「どうして？　それは困るわ。昨日のこと、主人にも話したのよ。ここに住んでもらいたいってこと。この人も了承してくれたわ」

「それは、本当にありがたい話だと思っています。でももうこれ以上甘えてはいられません。自分はこんなに親切にされるような人間ではないのです。お二人から受けた恩義は決して忘れません。もっと立派な人間になって、いつかこの家に帰ってきます。だから、それまでもう少し待ってください。そのときは本当に、二人のお力になりたいと心から思っています」

嘘偽《うそ》りなく、肇は自分の思いを告げる。晋一は、食事の手を止めて、肇の方をじっと見ている。文代の両目には、光るものが滲《にじ》んでいる。

「そう……あなたがそう決めたのなら、私は何も言うことはないわ。でも忘れないでね。私たちがいるってことを。あなたはもう一人じゃないのよ。困ったことがあったら連絡してきて。それで、本当にここに戻ってきてね。そして私たちの力になって」

「わかりました。約束します。ありがとうございました。お二人には大事なことを教えてもらいました。世の中は、まだ捨てたもんじゃないってことを。この世界には、こんな素晴らしい人たちがいるってことを」

文代に送り出されて、肇は家を出た。意気揚々と住宅街の道を歩いている。

手には紙袋を持っていた。なかには文代に作ってもらった弁当が入っている。二段の重に詰まった特製弁当だ。それとは別に、少しでも生活の足しになればと現金が入った封筒を渡された。最初に、肇が奪い取ろうとした二十万円である。貰《もら》うわけにはいかないと断ったのだが、持っていって欲しいと彼女も譲らなかった。昨日風呂に入っているときに、着ていた衣服も全部洗濯してもらった。身も心も生まれ変わったような、清々《すがすが》しい気分である。

声がしてふと振り返った。家の二階から文代が手を振っている。手には小型犬を抱えていた。ペット用の服を着た耳の大きな犬だ。そういえば、あの犬は家のなかでは見かけなかった。でもどこかで見た犬である。まあいい。それにしても彼女には感謝しかない。遠くに見える文代の姿を見て、肇は強くそう思った。世の中を恨んでばかりいても仕方ない。明けない夜はないのだ。何か必死で仕事を探して、生活の基盤を立て直そう。そして一刻も早く、二人に恩返しできるような人間になろう。

大きく手を振って彼女に応《こた》えると、踵《きびす》を返して住宅街の道を進み出した。昨夜も同じ道を歩いたのだが、そのときは絶望しかなかった。

だが今は希望しかない。

※

「あなた、紅茶が入りましたよ」

妻の呼ぶ声がした。

リビングでは文代が何やら嬉しそうに、紅茶のカップや茶菓子をテーブルに並べている。晋一は渋い顔をしたまま、ソファに座り込んだ。

「どうしてお前はいつもそんなに呑気《のんき》なんだ。私はいつ、あの男に感付かれるかもしれないと思ってずっと冷や冷やしていたんだ」

「大丈夫ですよ。あの男は何も知らないで帰っていきましたよ」

「お前のやることはよく分からん。昨日の夜もそうだ。あれほど外に出してはいけないと言っているだろう」

「私だって気がつきませんでした。いつの間にか部屋を抜け出していたんですから。でもすぐに、見つかったからよかったじゃないですか。それにたまには犬の散歩くらい……」

「だめだ。表向きは失踪したということになっている。それにまた誰かを襲ったりしたらどうする。そもそも、お前がきちんと戸締まりをしないから、こんなことになったんだぞ」

「あなたも家にいたじゃないですか。いつもそうやって、なんでも私の所為ばかりにして」

文代の目に涙があふれている。

「わかった。わかった。私も悪かった。だがどうしてあの男を引き止めた。食事を与えたり、泊まらせたりして」

「あの娘のためですよ。だってもうずっと家のなかにいるでしょう。だから不憫《ふびん》に思って……少しでも欲求を解消してあげられたらと思ったんです。あの男なら身寄りもないし、死んでも誰にも分からないだろうから」

「どうせそんなことだろうと思った」

「あなたは亜矢子のことがばれるかもしれないと思って、あの男を早く追い出そうとしていましたわね」

「それもあるが、私はあの子が男を殺すかもしれないと思って、気が気ではなかったんだ。この家で死なれたら面倒だからな。食事のときに大声を張り上げたのも、あの男が襲われそうになったからだ。お前は気づいていたかどうか知らないが、あのとき、亜矢子がナイフを持って、後ろから男に忍び寄っていた。彼に気づかれないようにやめさせるのは、至難の業だったんだぞ」

「それはそれは、ご苦労様でした」

「でも、どうして気が変わったんだ。なぜ普通にあの男を出て行かせた？」

「名案が浮かんだからですよ」

そう言うと文代は、意味深な表情を浮かべる。

「さっき彼に渡したお弁当に、毒を入れておいたんです」

「毒だと？」

「それと洗濯したときに、ズボンのポケットにパソコンで打ち込んで印刷した紙を忍ばせておきました。通り魔殺人を自供するメモです。このあと、彼はどこかでお弁当を食べて、野垂れ死にするでしょう。それで遺体からメモが見つかれば、あの隅田肇という男が、通り魔殺人の犯人になるというわけです。彼は以前、この地域の担当だったと言っていましたので、疑うものは誰もおりませんわ。娘の身代わりにするには、彼は打って付けの人材でしたの。私はあの男に言ったんですよ。これは千載一遇の運命の出会いだって。あなたみたいな人をずっと待っていたって」

文代の顔にうっすらと笑みが浮かんでいる。彼女の話を聞いて、晋一も大きく頷《うなず》いた。

「なるほど。確かにそれは名案だな」

「こんな恐ろしいことをしたのは初めてだけど、あの子のためなら仕方ないと思って、勇気を振り絞ってやったのよ」

「そうか……。これでもう、あんな偽装をする必要もなくなるんだな」

サイドボードに飾られた娘の写真を見て、晋一が安堵《あんど》の表情を浮かべた。妻も写真の方に目をやると、静かに口を開く。

「どんなに年老いても、子供の面倒を見るのは親の責任ですから。それに、あんな社会の壁蝨《だに》みたいな男、死んでも誰も悲しまないでしょう」

すると二階から物音がした。犬の鳴き声もする。

文代が弾んだ声で言う。

「あ、亜矢子が呼んでいるわ。ちょっと行ってきますね」

そう言うと彼女は立ち上がり、部屋を出て行った。

イップスの殺し屋

人は私のことをプロフェッショナルだと言う。

だが、プロフェッショナルという言葉の定義を私は正確には知らない。確かに、これまで自分は精緻《せいち》な機械の如《ごと》く、与えられた職務を全うしてきた。この仕事に関しては、私の右に出るものはいないともいわれている。だからプロフェッショナルを定義すると、自分のような人間のことを指すのではないかと思う。

時折、ふとなぜこの職に就いたのか考えるときがある。仕事に対するやりがいや社会的な意義。始めたころの戸惑いと葛藤《かっとう》。多くの危機や難局を乗り越えたときの喜びと自信。仲間との絆《きずな》。そんな体験や感慨を繰り返しながら、今に至っている。

今日も、私は重要な職務を実行するためにある場所にいた。

時刻は午前四時を回ったばかり。息を潜めて、闇《やみ》に閉ざされた建物の廊下を歩いている。あたりは静まりかえっていた。聞こえてくるのは、昨日から降り続く秋雨の音だけである。普段と同じく、心はすこぶる穏やかだ。心臓の鼓動も昂《たか》まることなどない。今は緊張感や恐怖や怒り、興奮や歓喜といった一切の感情とは無縁である。

一室の前で立ち止まった。ドアノブに手をかける。もちろん指紋が付かぬよう、両手には手袋を装着していた。医療用の薄いゴム製の手袋。静かにドアを開いた。施錠《せじょう》はされていない。別に鍵《かぎ》がかかっていても問題なかった。予《あらかじ》め入手していた合鍵を使えばいいだけのことである。

音を立てぬよう、室内を進んでゆく。この建物で一番広いベッドルーム。豪華な家具、調度品がしつらえられた部屋。奥まで行くと、窓際《まどぎわ》のキングサイズのベッドに、一人の痩《や》せた男が眠っているのが見える。

ベッドの脇《わき》に立ち、男の顔をじっと見た。気持ちよさそうに寝息を立てている。彼に対しての感情は何もない。これまでどのような人生を送ってきたのか。兄弟はいるのか。親は存命なのか。彼に関する大体の情報は頭のなかに入っているが、個人的にはまったく興味がない。ただ私は今から、粛々と職務を執り行うだけのことなのだ。

ただし、私は闇雲に人の命を奪っているというわけではない。どんな生き物にも命があり、それが尊いものであることは重々承知している。だから、常に無駄な殺生《せっしょう》はしないと心に決めているのだ。仕事のときは、神の代理のような、厳粛な気持ちで行うよう心がけている。

今回の任務は決して失敗してはならない。これから行うことは、何年も前から準備していた重要な計画の始まりにすぎない。この行動を起こしたあとに、本来の目的が遂行される手はずなのだ。絶対にしくじってはならない。だからこそ、この仕事は私に託された。これは我々に与えられた、絶好の機会というわけなのだ。

注意深く、男の様子をうかがう。ぐっすりと熟睡している。人の気配はないか、慎重に周囲を見渡す。もちろん、部屋のなかには彼以外に誰もいない。監視カメラの類《たぐい》が仕掛けられていないかも、予め確認している。

ポケットから注射器と数本のアンプルを取り出す。一本のアンプルを割り、なかの液体を注射器に吸い込ませた。男の腕を取り、用意しておいたゴムバンドを巻く。大丈夫だ。男が目を覚ます気配はない。彼は眠るときに、多量の睡眠薬を飲んでいるという情報を得ている。今日も深い眠りに落ちているようだ。静脈を浮き上がらせ、注射器の針をあてがう。

こうやって、これまで数々の仕事をこなしてきた。世間一般にいう、いわゆる不審死の多くは、プロフェッショナルが関与していると思っていい。事件となって表面化するのは、総じて素人《しろうと》の仕事である。私のようなものの手にかかれば、表沙汰《ざた》になることは決してない。絶対にそんなへまはしない。

すべては手筈《てはず》通りだった。あとはこのアンプルの液体をすべて、男の体内に注入するだけだ。そう思い、注射桿《ちゅうしゃかん》に親指をあてがう。力を込めようとした。

だがその時である。予想だにしないことが起こった。

指が動かない――

いったいどういうことなのか。注射を打とうとしても、右手の指がぶるぶると震えて、反応しないのだ。これまでも、同様の方法で何度も実行してきた。できないはずはない。再び右手に力を込める。だがやはり動かない。

私は動揺する。ここで任務を遂行できなければ、これまで計画していたことは水の泡となる。上司には、なんと報告すればいいのか。

額に冷や汗がにじみ出す。落ち着け。落ち着け。落ち着け。私はこの道のプロフェッショナルなのだ。いったいなぜ、こんな簡単なことができないのだろうか。

このような経験は初めてである。これは何かの間違いなのだ。大きく深呼吸する。

肩の力を抜いて、頭を空っぽにした。心身ともにリラックスさせた状態で、指に力を込めようとする……。

だめだ。やっぱりできない。

左手で額の汗を拭《ぬぐ》った。このままではまずい。焦《あせ》りながらも、何度か実行しようとする。

しかし指は震えたまま、一向に動き出すことはなかった。

※

丹羽健介《にわけんすけ》の遺体が発見されたのは、十月八日午前八時頃のことだった。

彼が所有する別荘の寝室。

招かれていた客や関係者たちが部屋に集まっている。雨は夜明けすぎに止《や》んだようだが、カーテンが閉め切られていて外の様子は全く見えない。丹羽は蒼白《そうはく》の顔で、キングサイズのベッドの上に横たわっている。

「くそっ。なんでこんなことに」

一人の男が、遺体の前でくずおれた。彼は丹羽の友人の諸沢慧《もろさわさとし》である。長身で鼻筋の通った好男子だ。Tシャツにカジュアルなジャケット姿の諸沢。彼も丹羽と同じく、インターネットでビジネスを展開している、いわゆるネット起業家である。

「警察には連絡したのか？」

ポロシャツ姿の男が諸沢に声をかける。三十すぎの神経質そうな人物。彼の名は、伊地知公平《いじちこうへい》という。伊地知も丹羽の起業家仲間であり、三人はよくこうして集まり、情報交換を行っていた。伊地知の問いに、諸沢が答える。

「もちろんだ。こんな場所だから、到着まで少し時間がかかるらしい。念のため、救急車も呼んでおいた。もしかしたら、助かるかもしれないからな」

遺体を見つけたのが、家政婦の大西順子《おおにしじゅんこ》だ。エプロン姿のまま、部屋の片隅でおろおろと震えている。束ねた髪に白いものが目立つ順子。六十歳を越えたベテランで、料理や洗濯、清掃など家事全般を請け負っている。丹羽が朝食の時間になっても起きてこないので、彼女が寝室に赴き、遺体を発見した。

伊地知の隣にいる、ショートカットの女性が口を開く。

「丹羽さん……どうしてこんなことに」

彼女は伊地知の妻であり、名前は亜紀《あき》という。亜紀は小柄で、ニットのカーディガンを着ている。彼女は言葉を続ける。

「昨日まではあんなに元気だったのに」

「覚醒剤《かくせいざい》ですよ……」

諸沢が亜紀の質問に答える。

「覚醒剤？」

伊地知はそう言うと、遺体の方を見た。ベッドサイドには、注射器と数本のアンプルが置かれている。アンプルは透明でラベルもなく、中身は全《すべ》て空であることが分かる。丹羽の顔を見つめて、伊地知が言う。

「馬鹿《ばか》なやつだ。こんなものに手を出しやがって」

「覚醒剤を……過剰摂取して亡《な》くなったってこと？」

怯《おび》えながら亜紀が訊《き》く。諸沢が小さく頷《うなず》いた。

するとドアが開いた。

ワイシャツ姿の男性に連れられて、若い女性が入ってくる。男性は、丹羽の会社の従業員の石堂恭二《いしどうきょうじ》である。年齢は丹羽よりも一回り以上も上だが、彼の運転手や雑用をこなすなど付き人のようなことをしている。スラックスのポケットが膨らんでおり、どこか見た目が野暮ったい。

女性は丹羽の恋人の山岸絵里衣《やまぎしえりい》。すらりとした長身で、目を見張るような美貌《びぼう》の持ち主だ。化粧も薄く、白シャツにジーンズというラフな出で立ちではあるが、美しさは損なわれていない。肩書きは丹羽の会社の広報担当で、その傍らでモデルのようなこともやっているという。

よろよろとした足取りで、絵里衣がベッドに向かってゆく。諸沢が立ち上がり、入れ違うように、絵里衣がベッドの脇に座り込む。しばらく丹羽の顔を見て、呟《つぶや》くように言う。

「本当に……死んじゃったの」

「ああ……もう息をしていない。触ってみればいい」

後ろに立っている諸沢が答える。絵里衣はほっそりとした白い手を上げて、丹羽の頬に重ね合わせる。

「冷たい……」

そう言うと、堰《せき》を切ったように絵里衣の両目から涙が溢《あふ》れ出した。その場に跪《ひざまず》き彼女は言う。

「どうして……どうして……何で覚醒剤なんか」

一同は、沈痛な面持ちで絵里衣の姿を見ている。

N県の人里離れた奥深い場所にある別荘――

丹羽がこの物件を購入したのは、先月のことだ。

建物面積三〇〇平米以上、主寝室のほかにゲストルームが四部屋もある建物。諸沢や伊地知らは、そのお披露目という名目で丹羽に招かれ前夜から宿泊していた。丹羽の遺体が発見されたときに、建物のなかにいたのは以下の面々である。

諸沢慧…………丹羽の友人
伊地知公平……丹羽の友人
　　亜紀……伊地知の妻
山岸絵里衣……丹羽の恋人
石堂恭二………丹羽の部下
大西順子………家政婦

伊地知が絵里衣に言う。

「おつらいでしょうが、気をしっかり持って」

泣きながら彼女は頷いている。後ろにいた石堂が彼らに声をかける。

「みなさん。ここにいてもなんですので、お部屋にお戻り下さい。警察が来たら、またお知らせしますので」

伊地知が石堂に言う。

「わかりました。じゃあ、行こう」

そう言って亜紀を促し、部屋から出ようとする。家政婦の順子が部屋の扉を開けた。絵里衣はベッド脇で伏せたまま、動こうとはしない。すると、矢庭《やにわ》に諸沢が口を開いた。

「ちょっと待って。ここから出ちゃだめだ」

「どうして」

伊地知と亜紀が立ち止まった。一同は怪訝《けげん》な顔で、諸沢を見ている。彼はベッドに近寄り、丹羽の遺体に視線を向けた。

「何かおかしくないか？　丹羽が覚醒剤をやっていたなんて、誰か知っていたか？」

彼らは顔を見合わせる。答えるものはいない。数本のアンプルを見て、諸沢は言う。

「それに、一度にこんなに大量に……。絶対に何かおかしい」

伊地知が口を開く。

「諸沢、お前は何を言っているんだ？」

「きっと……丹羽は殺されたんだよ」

諸沢は、切れ長の目を向けて言う。

「だから、ここから出ちゃだめだ。警察が来るまでみんな、この部屋にいるんだ」

私は啞然《あぜん》としたまま、その言葉を聞いていた。

確かに自分は四時間ほど前、丹羽健介の命を奪うべく、彼の寝室に侵入した。だが、いざ殺害を実行しようとすると、手がぶるぶると震えて動かなくなった。その後は、用意した注射器や覚醒剤のアンプルを片付け、そそくさとその場をあとにした。

というわけで私は不覚にも、与えられた職務を遂行できなかったわけなのだが、なぜか丹羽健介は死亡している。これはどういうことなのか。それも私が行おうとしていた殺害方法で……。

俄《にわか》には信じがたい出来事が起きている。私ではない誰かが、丹羽を殺したのだ。一体誰が……。

疑心暗鬼に駆られながら、寝室に集まった人々の様子を見やる。

でも一体なぜ、手が動かなくなったのだろう。もしかしたら……あれはイップスのようなものなのか。

イップスとは、プレッシャーなどが原因で、今まで可能だった動作が突然できなくなる症状のことだ。プロのスポーツ選手なども、イップスに苛《さいな》まれることがあるという。それが原因で、引退する選手もいると聞く。私もプロフェッショナルの殺し屋である。プロフェッショナルであるが故《ゆえ》に、イップスを発症したということなのだろうか。

それにしても、一体何が起こっているのだろう。なぜ丹羽健介は死んだのか。

伊地知が諸沢に言う。

「何を馬鹿なことを言っている。俺たちを疑っているのか」

「その通りだ。殺されたとしたら、このなかの誰かが犯人としか考えられない。家政婦さん、いつもこの家はちゃんと戸締まりしているんでしょう」

順子がおどおどとした声で言う。

「はい……。玄関やほかの出入口の戸も全部施錠しました。昨日は雨が降っていたので、窓も全部閉めていました。それに警備会社と契約していますので、侵入者がいたらすぐに警報が鳴ります」

「そうでしょう。ということは、丹羽が殺害されたとしたら、外部のものの犯行はあり得ないということになる。つまりこのなかの誰かが殺したんだ」

黙り込む人々。諸沢が言葉を続ける。

「だから、警察が来るまではみんなこの部屋にいるんだ。逃げられたら困るからな。それに、ばらばらになるよりは、ここに集まっていた方が安全だろ」

亜紀が怯えたような声で言う。

「このなかに、丹羽さんを殺した人がいるってこと？」

「大丈夫だ。殺されたかどうか、まだ分からない」

伊地知がたしなめるように言う。すぐさま諸沢がそれを否定する。

「いや、殺されたんだ。そうとしか思えない」

恐る恐る、石堂が口を開いた。

「で、でも殺されたとしたら、一体なんで……」

諸沢がその質問に答える。

「さあ、分からない。でも、みんなもよく知っているとおり、丹羽は堅気《かたぎ》の男ではない。ネット起業家というのは表の顔で、裏では闇金まがいの阿漕《あこぎ》な商売で荒稼ぎをしていた。だから、敵も多いし、恨みを抱いているやつも星の数ほどいる」

一同は黙り込んでいる。諸沢は彼らを見据えて言う。

「実はこんな噂《うわさ》を耳にしたことがある。丹羽を恨んでいるあるグループが、多額の金銭を支払い、殺害を依頼したというんだ。殺害を依頼された人物は、腕利《うでき》きの殺し屋で、時間をかけてターゲットに近づき、任務を遂行するという。その話を聞いたときは、ただの噂話じゃないかと一笑に付した。でも実際に丹羽が死亡してしまった今は、それが単なる噂話とはどうしても思えない」

「何を言っている。殺し屋なんて、くだらない冗談はやめろ」

伊地知が呆《あき》れた声で言う。

「お前は知らないかもしれないが、殺し屋による殺害はこの社会で頻繁に起こっている。闇に葬《ほうむ》られて、表沙汰になっていないだけだ」

絵里衣が立ち上がって、諸沢を見る。

「じゃあ諸沢さんは、その殺し屋が社長の命を奪ったって言うの？」

「その通りだ。そして、その殺し屋はこのなかにいる……」


だから、殺したのは私じゃないって——

口からその言葉が飛び出そうになるのを、なんとかこらえた。

確かに殺そうとしたのは事実である。だがイップスになってできなかった。今ここで、そう弁明したいのはやまやまなのだが、そういうわけにもいかない。殺し屋であることがばれたら困るし、イップスになって逃げ出したとは格好が悪くて、口が裂けても言えない。

「このなかに殺し屋がいるって……どういうことだ」

伊地知が諸沢に言う。彼は言葉を続ける。

「情報によるとその殺し屋は、殺害を目的に対象者と接触するそうだ。そして、長い期間を経て関係を築き、相手を油断させ、隙《すき》を見て死亡させるという。つまりこのなかの誰かがその殺し屋で、殺害を目的に丹羽に接触してきた人物であるというわけなんだ」

「そんな馬鹿なことがあるか。憶測も甚だしい」

伊地知が彼の推理を否定する。諸沢は言う。

「馬鹿なことかもしれないが、こうして現実に丹羽は死亡した。殺し屋が彼を殺害したという可能性は否定しきれない」

一同が押し黙った――

その時である。突然、女性の悲鳴が部屋中に響き渡った。

騒然とする人々。悲鳴をあげたのは、伊地知の妻の亜紀である。

「亜紀、ど、どうした」

「そこ、そこ……」

人差し指で、床の一点を指し示す亜紀。その先には、黒々とした大きなゴキブリがいる。しゃかしゃかと動き出す黒い虫。彼らに向かってくる。悲鳴をあげ、逃げ惑う人々。とっさに絵里衣が、ソファテーブルの上にあった雑誌を手に取り、容赦なく叩《たた》き潰《つぶ》した。

「もう大丈夫ですよ」

冷静な顔で絵里衣は言う。順子がやってくる。

「あ、あとは私がやりますから」

部屋にあったティッシュを手に、虫の残骸《ざんがい》を片付け始めた。大きく咳払《せきばら》いをすると、諸沢がまた話し始める。

「それでは話を戻そう。伊地知、昨日の夜はどこにいた？」

「俺を疑っているのか？　俺は丹羽とは三年以上もの付き合いだ。お前よりも付き合いは長い。彼を殺すなんてありえない」

「付き合いの長さなど関係ない。三年前から、丹羽を狙《ねら》っていたのかもしれない。お前が起業したのは丁度そのころだろ。丹羽と接触するために、会社を立ち上げたのかもしれない」

「なんだと」

「怒るな。あくまでも可能性を探っているだけだ。答えてくれ。昨日の夜はどこにいた」

「酔っ払って、部屋で寝ていたよ」

「確かに、昨夜お前は食事のときにワインをがばがば飲んで、呂律《ろれつ》が回ってなかったからな」

伊地知がばつの悪そうな顔を浮かべる。諸沢が亜紀に訊く。

「それで、奥さんの方は」

「主人と寝室にいましたよ。部屋に入ると主人はすぐに寝てしまい、私はお風呂をお借りして、すぐに就寝しました」

「それは何時頃ですか」

「一時位だったと思いますけど」

「ずっとご主人とご一緒でしたか？」

「ええ」

「なるほど……奥さんが、伊地知と結婚したのはいつ頃でしたっけ？」

亜紀が怪訝な顔で答える。

「結婚したのは一昨年ですけど」

「それ以前に、丹羽とはお知り合いでしたか」

「いえ、丹羽さんとは主人を介して知り合いました」

「そうですか。ありがとうございます……。それじゃ石堂さん、あなたはどうですか？　昨夜はどこにいました」

「私は食事が終わってから、一階のリビングのソファで少し仕事をしていました」

「仕事とは」

「社長が使った経費などをパソコンに入力する作業です。毎日やらないと溜《た》まってしまうので。その後はそのままソファで寝ました。二時くらいだったと思います」

「それを証明するものは」

「さあ……一人で寝ましたので」

「なるほど。あなたは丹羽の会社に入って何年くらいですか」

「二年ほどです」

「その前は？」

「中古車販売会社に勤務していました。不景気になって人員整理のため会社を退職することになって、丹羽社長に拾ってもらったんです。私にとって社長は恩人です。あ、もしかして私も疑われているのですか。私が社長を殺すなんてことあり得ません」

「本当にそうでしょうか。あなたが殺し屋ならば、可能性はあります。その経歴だって、嘘《うそ》をついているのかもしれない。調べればすぐに分かることです」

「そんな」

「あなたは丹羽よりも一回り以上も年が上であるにもかかわらず、よく怒鳴られていましたよね。彼によるとあなたは相当『使えないやつ』だとか。とはいえ、丹羽は仕事のできない人間を周囲に配置する癖があります。彼はよく言っていました。仕事ができるやつは信用できない。いつか寝首をかかれるかもしれないと。あなたはわざと『仕事ができない』ふりをして油断させて、丹羽に近づいたのではないですか」

目に涙を溜めて、石堂は反論する。

「ち、違います。仕事ができないのはそうなのかもしれません。でも……誠心誠意私は社長のお力になりたいと必死で努力していたんです。だから……」

「ありがとうございました。大体分かりましたのでもういいです。次に家政婦さん、あなたお名前は」

「大西順子です」

「大西さん。昨夜はどうされていましたか」

エプロンの端を握りしめながら順子が答える。

「遅くまでキッチンで朝食の用意をしていました。パンを捏《こ》ねたり、スープの出汁《だし》をとったりと。そのあとは部屋に戻って休みました。一時過ぎだったと思います。ああ、部屋に戻るとき、リビングに石堂さんがいらっしゃるのを見ました。毛布が欲しいというので、お渡ししました」

「大西さんはいつから丹羽の家政婦をやられているんですか」

「一年ほど前からです。社長は独身ですから、東京のマンションと、この別荘で身の回りのお世話をさせていただいています」

「分かりました。ありがとうございます。それでは最後に山岸さん。あなたは丹羽の恋人ですよね。いつごろから交際を」

するとと絵里衣は、不愉快そうな顔を浮かべて言う。

「なぜ答えなきゃいけないの。あなたは刑事ではないでしょう」

「どうぞご自由に。でも話さないと疑われるだけですよ」

「警察が来たら、きちんとお話ししますので」

張り詰めた感じの二人。伊地知が口を開く。

「そういえば、警察はいつ来るんだ。いくらなんでも遅すぎないか」

「仕方ないでしょ。こんな山奥だから、時間がかかっているのよ」

そう言うと亜紀は、絵里衣の方を見る。

「山岸さん、質問に答えたらどうかしら。みんなちゃんと答えているでしょ」

絵里衣は亜紀を一瞥《いちべつ》すると、あきらめたように言う。

「分かりました。お答えしましょう。諸沢さん、質問は何でしたっけ？」

「丹羽とはいつごろから交際を？」

「半年ほど前からです」

「確か、あなたが会社に入ったのもそのころですね」

「そうです」

「交際するようになったのはなぜです」

「社長に誘われて付き合うようになりました」

「昨晩はどこにいました」

「一人で部屋にいました」

「あなたは丹羽の恋人なんでしょう。どうして彼の寝室にいなかったのですか」

彼女は黙り込んだ。すると諸沢は笑みを浮かべて言う。

「ああ、そうでした。これは失礼しました。二人は恋人同士といっても、それは飽くまでも表面的なものでしたね。彼にとってあなたは、いわば偽装された恋人といった存在だった」

「どういうこと？」

思わず、亜紀が訊く。

「丹羽は恋愛には全く興味がなかったんです。彼はよく言っていました。アメリカの某大手ショッピングサイトのCEOは、離婚で株式の四パーセント、およそ四兆円もの金額を妻に取られ、株価も急落した。起業家にとって恋愛はマイナス。会社に不利益しかもたらさない。だから彼女と交際したのも、車や洋服を買うのと同じ、起業家として身を飾るファッションにすぎなかった。二人の間には、普通の恋人同士のような恋愛感情は一切存在していなかったというわけなんです」

絵里衣が、諸沢を睨《にら》みつけて言う。

「そんなことないわ。少なくとも、私はあの人のことを愛していた。なんとか、自分に振り向いて欲しかった」

「丹羽のことを愛していたのではなく、彼の資産を愛していたのでは」

「違います」

「まあいいです。でもこれでよく分かりました」

そう言うと諸沢は歩き出し、ベッドの前で立ち止まった。丹羽の遺体に視線を送る。

伊地知が彼の背中に声をかけた。

「何が分かったというんだ」

「ここにいる人間は皆、アリバイがない。誰もがみな、丹羽の寝室に忍び込んで、覚醒剤を注射することができたというわけだ」

「ちょっと待ってくれ、俺と亜紀にはアリバイがある。二人で寝室にいたからな」

　諸沢は伊地知を見て言う。

「そんなのアリバイになんかならない。夜はずっと寝ていたんだろう。だから、相手が眠っている隙《すき》に部屋を抜け出すことはできるし、夫婦で口裏を合わせている可能性もある」

　伊地知が妻と顔を見合わせた。反論しようとすると諸沢がそれを遮る。

「お前は丹羽と知り合って三年。奥さんは二年ほど。石堂さんも丹羽の会社に入って二年。家政婦の大西さんは一年。そして山岸さんは半年。ここにいる誰もが、丹羽との付き合いは半年から数年ほどとさほど長くはない。誰もが、殺害が目的で近づいた殺し屋なのかもしれないということだ」

　押し黙る一同。おもむろに、絵里衣が口を開いた。

「じゃあ、諸沢さんは」

　詰問するような口調で、彼女が言う。

「諸沢さんは、彼と知り合ってどれくらいなの」

「二年くらいですよ」

「昨晩はどこにいましたか」

諸沢は苦笑いを浮かべて、答える。

「一人で部屋にいました」

「それを証明する人は」

「いません」

「ではあなたが、殺し屋なのかもしれないのですね」

絵里衣が静かに言い放った。


その場に立ちすくみ、じっと様子をうかがっていた。

殺し屋は私なのだが、実際に丹羽健介を殺害したのは誰なのだろうか。今回の仕事は決して失敗してはならなかった。仲間の誰かが、何らかの形で私のミスをリカバリーしたということなのか。それとも、別の誰かが違う目的で丹羽を殺したのだろうか。

それにしても、悔やんでも悔やみきれない。なんであんな重要な場面でイップスになってしまったのだろう。

いや重要な場面だからこそ、イップスが発症してしまったのだ。イップスは精神的なことが原因とされている。私は常に、沈着冷静に職務を遂行していたつもりだったが、無意識のうちにプレッシャーのようなものを感じていたのかもしれない。

このままもう、人殺しはできないのだろうか。そうであれば、この仕事を廃業せざるを得ない。これまでは仕事と割り切り、ためらいもなく人を殺し続けてきた。だが心の奥底には、それが人の道から外れた行為ではないかという葛藤が、まったくなかったというわけではない。だから、なるべく感情を抑制して、仕事を実行していたのだ。

イップスによって、人が殺せなくなってしまった私……。

でも、大方の人は、簡単に人の命を殺《あや》めることなどできない。世間的に見たら、それが当たり前のことなのだ。昨夜の出来事は、普通の人間に戻れという神の福音《ふくいん》のようなものなのか。

だが私はこれまで、数え切れないほどの人間の命を絶ってきた。普通の人間に戻る資格などあるのだろうか。

諸沢は自嘲《じちょう》的な笑みを浮かべて言う。

「彼女の言うとおりだ。私もみんなと同じ、状況的に見て、その殺し屋である可能性は否定できない。だが、私は殺し屋ではない」

「どうしてそう言い切れるんですか」

「簡単なことだ。私がその殺し屋でないことは、自分が一番よく知っているからだ」

呆れたような声で絵里衣が言う。

「そんなこと言っても、誰も納得しないと思いますが」

伊地知が唇をとがらせて言う。

「そうだ。人を疑うなら、まずは自分の疑いを晴らすべきだ」

「分かっている。今からそれを証明しよう。疑いを晴らすためには、誰が殺し屋なのか、特定すればいいだけだからな」

「ではお前は、その殺し屋とやらが誰なのか、知っているというのか」

「その通りだ。みんなの話を聞いて、すぐに判明したよ」

「一体誰だと言うんだ」

諸沢が一同を見渡した。緊張感に包まれる面々。彼の視線が石堂の前で止まった。

「石堂さん……」

「は、はい」

「私はあなたを」

蛇に睨まれた蛙《かえる》のように、石堂は身を竦《すく》めている。

「……殺し屋ではないと確信しています」

驚いたような顔で石堂は言う。

「殺し屋ではない……もちろん、その通りですが」

「その理由を言いましょう。殺し屋は、これまで数多くの殺害を実行してきた腕利きのプロフェッショナルで、相当の切れ者だと聞きます。それに比べて石堂さんは見ての通り、愚鈍で使えない部下だ。もちろん先ほども言ったように、殺し屋が相手を油断させるためにそう演じている可能性もありますが、これまでのあなたの発言や受け答えからすると、とても演技とは思えない。私の目に狂いはない。あなたは本当に勘が悪くて、仕事ができないのです。いわゆる天然というやつです。だから石堂さんが殺し屋であるはずはありません」

複雑な顔で、石堂は諸沢を見ている。お構いなしに彼は話を続ける。

「そして家政婦の……お名前はなんでしたっけ」

「大西順子です」

「そう大西さん。あなたも犯人ではないでしょう。昨晩の料理は全部、大西さんが作

「昨晩の料理は絶品でした。鮑《あわび》のローストやブイヤベースも素晴らしかったが、鴨肉《かも》のコンフィはこれまで食べたもので一、二位を争うものでした」

「ありがとうございます。とてもうれしいわ。作った甲斐《かい》があります」

「昨日の料理が、何の関係があるんだ」

苛立《いらだ》ちまじりの声で伊地知が言う。

「別に関係はないよ。彼女は家政婦としてはプロフェッショナルであるが、殺しのプロフェッショナルではないということだ」

「なぜそう言い切れる」

「だから、それは私がもう、殺し屋である人物を特定しているからだ。その人物は大西さんではない。彼女のような人のよさそうなおばさんが殺し屋だったら面白いかもしれないが、これは小説や映画ではない。現実はそうはいかない」

おばさんと言われたところで、順子が一瞬不快そうな顔を浮かべた。

「だったら一体誰なんだ。お前が言う殺し屋って」

すると諸沢は、視線を亜紀に送る。

「奥さん……」

身構える亜紀。諸沢は言う。

「あなたは何か隠していませんか」

彼女の表情が途端に青ざめた。

「隠しているって、何のことですか」

「お前は亜紀を疑っているのか」

驚いたような声で伊地知が訊いた。彼を無視して、諸沢は亜紀に詰め寄っていく。

「さあ、答えて下さい。本当のことを」

「本当のことって何よ」

「さっきあなたはこう言いましたね。昨夜はずっと主人と一緒にいたって。それは嘘ですね」

「嘘じゃないわ」

「あれ、おかしいな。私は見たんですよ。あれは夜が明ける少し前だったでしょうか。トイレに行こうと部屋を出たら、階下に誰かいて……。よく見ると、男女が真っ暗なリビングの片隅で何やら話しているんです。女性の方はあなたで、男性は……石堂さんですよね」

はっとして石堂と亜紀が顔を見合わせる。

「不思議に思ったんです。どうして伊地知の妻であるあなたと、丹羽の部下である石堂さんが真夜中にこそこそ密会しているのか」

すると話を聞いていた、伊地知の顔が一変する。

「お前まさか」

「そう、そのまさかなんです。私もこの目を疑いましたよ。普段はさえない感じの石堂さんと、伊地知の妻である亜紀さんが人には言えぬような関係だったなんて」

あわてて石堂が口を開いた。

「違うんです」

亜紀が、その言葉を遮るように言う。

「もういいわ、石堂さん。見られていたんなら仕方ないわ。そうよ、全部諸沢さんの言う通りよ」

啞然とした顔で伊地知が言う。

「そんな……亜紀、お前いつから」

「別にいつからだっていいじゃない。それに諸沢さん、私と石堂さんのことが、今度の事件と何か関係があるのかしら」

「いや、関係はないでしょう」

にやにやと笑みを浮かべながら、諸沢は答える。

「だったら、この話はあとにしましょう。ねえ石堂さん」

「は、はい」

おろおろと焦っている様子の石堂。

「あなたもそれでいいわね」

「え……」

不服そうな伊地知。亜紀が諸沢に問いかける。

「それで一体誰なんですか？　殺し屋の正体は」

「ええ、残る容疑者はあと二人。あなたの夫である伊地知と、丹羽のかりそめの恋人である山岸絵里衣さん」

諸沢は二人を見て言う。

「二人のうち、一体殺し屋はどちらなのか」

諸沢に注目する一同。伊地知は先ほどの妻の不貞話に、心ここにあらずと言った様子である。諸沢は絵里衣に視線を向けると、声をかける。

「山岸さん、あなたにお聞きしたいことがあります」

訝《いぶか》しげな目で諸沢を見る絵里衣。彼は言葉を続ける。

「私には一つ不思議なことがあるんです」

「不思議なこと？」

「あなたはここに入ってきたとき、丹羽の遺体を見て泣き崩れました。そしてこう言いましたね。どうして、覚醒剤なんかって……」

「ええ……そう言いましたけど」

平然とした顔で絵里衣が答える。

「どうして彼の死因が、覚醒剤だったって分かったんですか」

「それは……」

絵里衣の長い睫《まつげ》がわずかに揺れる。


まずい。まずい。まずい。

やはり気付かれていた。

なんとかしなければ……なんとかここを乗り切らねば。

「それは……」

少し考えると、絵里衣が口を開いた。

「部屋に来る前に石堂さんから聞いていたんです。覚醒剤を大量に摂取して亡くなったって」

石堂が目を丸くした。間髪容《い》れず、諸沢が言う。

「あれ、それはおかしいですね。石堂さんにも分かるはずはありませんよ。覚醒剤で死亡したと私が死因を告げたのは、あなたたちがここに入る前でしたから……」

彼女は黙り込んだ。

「私が答えてあげましょうか？　なぜあなたは、丹羽の死因が覚醒剤と知っていたのか。それは……」

諸沢は鋭い視線を絵里衣に向ける。

「あなたが殺したからです。あなたが殺し屋だから、知っていたんです」

私は愕然《がくぜん》として、その場に立ち尽くしていた。

もはや言い逃れはできない。やはり、本当のことを言うべきなのか。

殺し屋は私なのだが、イップスを発症して実行できなかったことを……。

いや、だめだ、だめだ。絶対にだめだ。仲間たちのためにも、絶対に口を割ってはいけない。ここはなんとか耐えて、窮地を脱するのだ。

「どうです……図星でしょう」

勝ち誇ったように諸沢が言う。

「いえ……違います。私は殺し屋なんかじゃありません」

「もう言い逃れはできませんよ。それにしても驚いた。殺し屋の正体があなたのような美しい女性だったなんて。いや美人だからこそ、これまで数多くの殺害を成功に導いてきたというわけですね」

瞳《ひとみ》を震わせたまま、絵里衣は口を閉ざしている。

「でも、今回の仕事はいささか厄介だったのではありませんか。丹羽はあのような性格なので、最後まであなたに心を許すことはなかった。だから、覚醒剤を大量に注入して死亡させるという乱暴な手段をとったんですよね。結局その行為によって、こうして馬脚を現す羽目になってしまった。私の調査では、以前も同じ手口で殺害を実行していますね。知っていますよ、あなたのやり方ぐらい。残念でしたね」

全部ばれている。万事休すか……。

だが、この男は大きな間違いを犯している——殺したのは私ではない。丹羽は、殺し屋である私以外の誰かが殺害したのだ。それは一体誰なのか……。

もしや……。

「さあ、黙ってないで、そろそろ白状したらどうですか。それとも、沈黙こそがその答えというわけなのでしょうか」

すると——

絵里衣の艶《つや》っぽい唇が小さく動いた。くすくすと笑い始める。

「どうしました」

「すみません。諸沢さんのお話を聞いていると面白くなって、つい……」

笑いが止まらない様子の絵里衣。諸沢が彼女に向かって言う。

「私の話が、そんなに面白いのですか」

「ええ……ずいぶん的外れなことをおっしゃっているので」

「的外れ？　一体何が的外れだと言うんです」

「だって、社長を殺したのは私ではありませんから」

「なるほど……では、あなたはそのことを証明できますか」

「もちろんです。私は誰が社長を殺したのか、知っていますので」

不敵な笑みを浮かべたまま、絵里衣が話を続ける。

「特定すればいいのでしょう。誰が社長を殺したのか」

「ほう……それは面白い」

挑むような目で、諸沢は彼女を見る。

「それではみなさんに確認したいことが一つあります。私と石堂さんがここに来る前、最初に死因を告げたのは、諸沢さんということでよろしいでしょうか」

彼らが顔を見合わせる。亜紀が口を開いた。

「ええ、そうよ。私が死因を聞いたら、諸沢さんが注射器とアンプルを見て、『覚醒剤だ』って教えてくれたの」

「ありがとうございます。それでは諸沢さんに質問です。あなたこそ、どうしてこれを見て、覚醒剤だって分かったんですか」

絵里衣がベッドサイドの注射器と空のアンプルを指し示す。

「もちろんアンプルに『覚醒剤』と書いてあるわけありませんよね。どうして、死因を断定することができたんでしょうか」

「それは……」

少し考えて、諸沢が言う。

「推測したんですよ。殺し屋が自死を装《よそお》って殺害したとすると、きっと覚醒剤のような麻薬ではないだろうかと。毒薬を使用したりすると、あとで警察に調べられたときに気付かれてしまうから」

「推測だと。嘘をつくな。お前は『覚醒剤』だと断定したじゃないか」

伊地知が反論する。絵里衣も続けて言う。

「それに、麻薬と言っても覚醒剤だけではありません。ほかにも種類があるはずです。どうして覚醒剤だと分かるんですか。解剖して調べたわけでもないのに」

諸沢は黙り込んだ。いつの間にか絵里衣の顔から笑みが消えている。

「あなたが社長に覚醒剤を注射したんでしょ。だから、覚醒剤だと知っていたんです」

「違う。何を言っている」

「もう全部ばれていますよ。あなたが社長を殺したんですよね」

「馬鹿なことを言うな。私は殺し屋なんかじゃない」

絵里衣は、諸沢を見据えて言う。

「別にあなたが殺し屋だとは言ってませんよ。諸沢さんが殺し屋でないことは、私はよく知っています。でも、社長を殺したのはあなたです」

「どういうことですか」

思わず石堂が口を開いた。


彼は押し黙っている。

やはり標的《ターゲット》を殺したのはこの男だったのだ。

でも一体なぜ、彼は殺害を実行したのか。それも自分と同じ方法で……。

私の脳裏には、ある一つの推論が浮かび上がった――


絵里衣の唇が静かに動き出す。

「私も社長が狙われているという噂は知っていました。そして、殺し屋が正体を隠して社長に近づき、殺害の機会をうかがっていたことも」

一同は黙って、彼女の話に耳を傾けている。

「その殺し屋は相当の腕利きだったそうですね。だから彼と敵対する組織は、その正体をあぶり出そうと躍起になっていたとか」

絵里衣が諸沢に視線を向ける。

「諸沢さんは、その殺し屋の正体を探るために、社長に近づいたのでしょう。殺し屋が社長を殺害する時を今か今かと待ち構えていたんです。そして、殺害を完遂した瞬間に、殺し屋の正体を暴《あば》き粛清しようと計画していた。つまり、社長は、殺し屋をおびき寄せる囮《おとり》だったというわけです」

あわてて諸沢が反論する。

「そんなことあるはずはない。もしそうだとしても、その殺し屋がいつ、どんな方法で殺害を実行するのか、私に分かるわけないじゃないか」

「いえ、一つだけ方法があります」

絵里衣を注視する人々。彼女は言葉を続ける。

「あなたが、殺害の日時と方法を指定したのです」

すると、諸沢が小さく笑った。

「面白い……。私が、丹羽の殺害を依頼したというのか」

「そうです。おかしいと思ったんです。あなたは起業家であるはずなのに、社長の命を狙っているという殺し屋について、やたらと詳しかったですから」

凜《りん》とした瞳を諸沢に向けて、絵里衣が言う。

「あなたは身分を隠して、殺し屋の組織に丹羽の殺害を依頼した。殺し屋の正体をあぶり出すために……どうです、図星でしょう」

　諸沢は押し黙っている。

「丹羽がこの人里離れた別荘に、我々を招待したのは絶好の機会でした。あなたが殺害を指定したのは昨日から今日にかけての夜。だが朝になっても一向に実行されない。あなたは是が非でも殺し屋の正体を暴き出さねばならなかった。業《ごう》を煮やしたあなたは、念のため用意していた覚醒剤を注射して、社長を死亡させた……」

　諸沢は平然とした顔で絵里衣を見た。そして、静かにこう言った。

「なるほど、そこまで分かっているなら、話は早い」

　余裕の表情を浮かべたまま、諸沢は彼女に告げる。

「いずれにせよ、私に与えられた仕事は、殺し屋の正体を特定し、その人間を粛清することだ。そして、その目的は今まさに完遂されようとしている」

　そう言うや否《いな》や、諸沢がジャケットの内ポケットに手を入れた。銃を取り出すと、銃口を絵里衣に向ける。彼女は息を呑《の》む。

「もうすぐ警察が来るわ。そんなことをしても、すぐに捕まるだけよ」

「警察なんか来ないよ。最初から呼んでいない」

「やっぱり……」

絵里衣は身構えた。諸沢の目に殺意が宿る。

男が引き金に指をかけた。

危ない。このままでは殺される。

咄嗟《とっさ》に、ズボンのポケットに忍ばせておいた小型の銃を取り出した。


銃声が鳴り響いた——

手にした銃をぽろりと落とすと、諸沢がその場に崩れ落ちた。胸から流れ出た血が、床に広がっていく。

その背後では、掌《てのひら》に隠れるほどの小型銃を構えた石堂が立ちすくんでいる。

絵里衣が、動かなくなった諸沢の身体を見下ろして言う。

「だから言ったでしょ。私は殺し屋じゃないって」

そう言うと彼女は、石堂に視線を送る。彼は静かに、銃を下ろした。

すると——

エプロン姿の順子が歩いてくる。これまでとは打って変わって視線は鋭い。床に倒れている諸沢の前に立つと、伊地知に言う。

「彼が死亡したかどうか、確認するように」

伊地知が跪き、諸沢の腕を手に取る。

「脈が動いていません。死んでいます」

「そうか……これで本来の目的は達成することができた。みんなには感謝します」

絵里衣がやってきて、石堂に声をかける。

「一発で仕留めたんですね。さすがの腕前です」

亜紀も彼に言う。

「あれ……でも、あなたイップスだったんじゃ？」

「あ、そういえば治ったかも」

撮影現場

正直言うと、役者を辞めようと思っていた。

もう三十も半ばを過ぎていた。そろそろ限界かもしれない。若いころに低予算映画のオーディションに合格して、準主役級の役に抜擢《ばってき》された。それで俳優としてやれると思い、頑張ってきたが、以降は大した役に恵まれなかった。来る仕事はエキストラに毛の生えたような役や、バラエティーの再現ドラマばかり。やはり自分には才能がないのかとあきらめていた。

そんなときだった。飯島和人《いいじまかずと》がこの映画のオーディションに合格したのは。

出演を依頼するメールを目にしたときは、我が目を疑った。監督は、世界の映画祭で数々の賞を取っているアザマコレヤという人物だった。アザマは、鬼才のカリスマ監督として知られ、作品の評価は頗《すこぶ》る高く、社会の不条理や人間の本質をえぐり出すような、革新的な作風で知られている。

映画は、孤島を舞台にした作品で、島にたどり着いた難破船の乗客たちの人間模様を描くものだという。和人は、その乗客の一人を演じるということなのだが、台詞《せりふ》がある役かどうかは分からなかった。シナリオのようなものはないらしく、事前にメールで送られてきたのは、映画の内容が簡単に書いてある短い文面だけだった。シナリオはまだ仕上がっていないのだろうか。それとも、自分は端役《はやく》なので、見せてもらえないのか。でも、それでもよかった。著名な監督の作品のキャストに、名を連ねることができるだけでも光栄なことなのだ。

冬枯れの海――

ほかのキャストらとともに、スタッフが用意したチャーター船に乗って、撮影現場へと向かう。目的地は、最寄りの港から二十キロの距離にある無人島だ。キャストには、映画やテレビドラマなどでおなじみの役者は一人もいない。初めて見る顔の俳優ばかりである。まあ、相手の方も和人のことは誰も知らないだろうが。

海上を三十分ほど走ると、チャーター船は島の船着き場に到着した。船着き場は、護岸がコンクリートで覆《おお》われた立派なものである。無人島ということで想像していた景色とは大分違っていた。荷物を手に船を下りる。スタッフの案内で山道をしばらく歩くと、宿泊場所の建物にたどり着いた。バブルの時期に建てられたリゾートホテルの跡地だった。前乗りしていた制作部（撮影の下準備を行うスタッフ）が寝泊まりできるようにしたとのことだ。日程はおよそ一ヶ月。全《すべ》てのスタッフ、キャストは島に泊まり込み、撮影に挑むのだという。

翌日から撮影が始まった。島の南岸にある砂浜で、難破した乗客が彷徨《さまよ》っている場面である。映画のファーストシーンだ。監督のこだわりにより、「順撮り」で撮影していくようである。「順撮り」とは、物語の時系列通りに撮影を行っていくことだ。通常の制作現場では順番通りに進行していくことはまずない。撮影効率を考え、同じ場所ならまとめて撮影したり、俳優のスケジュールなどの都合により、時系列を無視して予定が組まれることがほとんどである。だが、アザマ監督はそういうやり方を嫌っているようだ。この現場では、徹底して効率よりも「順撮り」を優先して撮影が行われるという。

スタッフが準備を終えると、ひょろっとしたダウンジャケット姿の男性が姿を現した。年齢は五十代後半か六十代といったところか。白髪頭にサングラスで、見るからに鬼才というオーラが漂っている。

彼がアザマ監督なのだという。アザマは自分が表に出ることをあまり好んでおらず、彼の写真や映像は公開されていない。映画祭や舞台挨拶《あいさつ》にも姿を見せることはなかった。オーディションにもいなかったので、和人も監督の姿を見るのはそのときが初めてだった。

撮影に先立ち、アザマが今から撮るシーンをキャストに語り始めた。台詞がある役者には、その内容を伝えた。どうやら本当にシナリオはないようだった。こうして口立てで、場面を役者に伝えて、撮影を進めていくようだ。アザマが言った台詞をメモしていた役者にはこう告げた。

「メモは取らないでください。台詞通りに言う必要はないのです。あなたの言葉で、ありのままの感情をぶつけてほしいんです」

本当に独特のやり方である。しかし、残念ながらその場面で和人に台詞が与えられることはなかった。結局、撮影初日は監督と言葉すら交わすこともなく……。

一体、自分はどんな役柄なのか。撮影の合間に、思い切って助監督の一人に聞いてみた。すると、「難破した船の乗客」で間違いないのだが、それ以上の詳しい設定は自分で考えて欲しいということだった。やはり自分は、エキストラのような端役にすぎないのだ。少しがっかりしたが、ここでめげていても仕方ない。折角のチャンスなのだ。精一杯頑張るしかなかった。

島を訪れて四日が経過した。

天候は曇り。木枯らしの吹く寒い日だった。その日も、午前中から撮影が始まっていた。監督の指示でスタッフは迅速に動き、淀《よど》みなく進行してゆく。高名な監督の映画としては、スタッフの数はいささか少ないように思える。だからといって、とくに支障があるようではなかった。特殊な撮影方法に戸惑っているものは皆無だった。彼らは、ずっとアザマ監督の作品に携わっているスタッフなのだろう。監督のことを、心から信奉しているようだ。

アザマが俳優を集め、熱心に演技プランを話している。

「私がこの作品で訴えかけたいこととは何なのか……。それは、今ここで言いたくはありません。皆さん一人一人に、演じながらその答えを見つけてもらいたい」

真剣な顔をして、俳優たちは監督の話に聞き入っていた。キャストも、アザマ作品の常連組がほとんどだった。今回、オーディションで合格した初参加組は、和人を含むわずか三人にすぎない。俳優たちも、スタッフと同じだった。アザマを敬い、この作品に参加できたことに、この上ない喜びを感じているようなのだ。

午後になり、撮影隊は森の奥深くに移動した。難破した乗客たちが、食糧を探す場面を撮影するという。アザマが俳優たちに言う。

「今から撮るシーンでは、孤島に漂着した乗客たちの焦燥感を表現したい……」

アザマは、三十代の杉浦《すぎうら》という役者を指名する。杉浦は恰幅《かっぷく》のいいスポーツマンタイプの俳優だ。映画の中心的存在である、キリガヤという若手実業家を演じている。

「島に閉じ込められた焦《あせ》りから、キリガヤは苛立《いらだ》ち、腹いせに誰かを殴りたくなります。そうだな……殴られるのは誰がいいかな……入来《いりき》さんがいいですね。お願いします」

「あ、はい……わ、分かりました」

入来という役者が大きく頷《うなず》いた、彼は眼鏡をかけた、小柄で気の弱そうな男性である。五十は過ぎているのだろう。キリガヤの会社の従業員であるスドウという人物を演じている。

「殴られても、刃向かわないでください。スドウは、絶対にキリガヤには逆らえないのですから。いいですね。それでは始めますよ。では、カメラを回して……」

そう言うとアザマは、踵《きびす》を返した。少し離れた場所に設置されたモニター前のディレクターズチェアーに座る。俳優がカメラの前に立ち、アザマの力強い声が周囲に響く。

「よーい、スタート」

カチンコの音とともに、俳優が演技を開始する——

食糧を求めて、森のなかを彷徨う十数名の漂流者たち。カメラマンが演技している彼らを追う。カメラに映っているかどうか分からないが、和人も懸命に演技をする。

彼が自分で設定した役柄は、妻や子供と生き別れになったイトウという人物である。イトウは、家族との再会を信じ、絶対に生還したいと思っている。

何か食べるものはないか、歩き続ける一同。だが真冬のため、木の実や野草などの食べ物になりそうなものは見当たらない。落ちているのは枯葉だけだ。

「こんなことをしても無駄よ。食べ物なんか見つからないわ」

門脇美和子《かどわきみわこ》が台詞を口にした。色白で艶《つや》っぽい女優である。彼女はカナエという、杉浦の妻を演じている。

「その通りだ。こんなことをしても無駄だ」

苛立ちまじりの声で、杉浦が答える。

「おいスドウ……ちょっと来い」

「は、はい」

後ろの方にいた、入来演じるスドウを呼びつけた。

「何か手立てはあるのか？」

「て、手立てですか」

「そもそも、こうなったのはお前のせいなんだぞ。自覚はあるのか」

高慢な経営者になりきり、彼をなじり始める。迫真の演技だ。和人も立ち止まり、その光景をじっと見ている。

「お前のせいだと言ってるんだ。分かっているのか」

「あ、は、はい……そ、それは……」

「分かっているのかと聞いているんだ」

入来の頬を平手で打つ。一発、二発……。

もちろん演技なので、実際に叩《たた》いてはいない。頬のすれすれを通過させ、あたかも殴っているように見せかけている。入来も上手《うま》く反応しているので、本当に叩かれているように見えるのだ。ポスプロ（ポストプロダクションの略称、撮影後の仕上げを行う作業のこと）で、頬を張るようなＳＥ（効果音）を足せば、完璧《かんぺき》だろう。

「あなた、やめて」

「うるさい」

門脇が止めようとするが、杉浦は構わず平手打ちを続け（ているように見せかけてい）る。とても迫力のあるカットが撮れているに違いない。監督もさぞかしご満悦のはずだ。

「はいカット」

アザマ監督の乾いた声がする。演技を終了させる一同。監督が立ち上がり、渋い顔でこちらに近寄ってくる。

「全然駄目だ……もう一回行こう」

再び、今のシーンをやり直すことになった。何か気に入らないことがあったようだ。監督が手招きして、杉浦と入来を呼んだ。撮影現場から少し離れた場所で、何やら指示を出している。二人は真剣な顔で話を聞いている。

しばらくすると、二人の俳優はこちらに戻ってきた。ディレクターズチェアーに座りながら、監督が言う。

「よし、じゃあカメラを回して」

カメラマンが、カメラを構える。監督の号令とともに、カチンコの音が森のなかに響いた。

演技を始める一同。先ほどと同じように、杉浦が入来に難癖をつけ始める。

そして――

「分かっているのかと聞いているんだ……」

力任せに、入来の顔に掌《てのひら》を叩きつけた。頬を張る激しい音が、周囲にこだまする。和人は思わず目を見張った。一体どういうことなのか。殴っているふりであれば、音が聞こえるはずはない。本当に叩いているのだ。

杉浦は続けて、平手打ちを浴びせている。じっと耐えている入来。殴り続ける杉浦。断続的に響き渡る頬を叩く音。入来の鼻からは血があふれ出し、顔面は真っ赤になっている。それでも彼は抗《あらが》うことなく、歯を食いしばっていた。

スタッフのなかに止めるものはおらず、延々とその光景を撮影し続けている。

「ちょっと、もうそれくらいでいいじゃないですか。キリガヤさん」

出演者の一人が杉浦に駆け寄っていった。下川辺《しもかわべ》という四十代の男優だ。もちろん飽くまでも、演技を続けているという体である。下川辺に言われ、杉浦は渋々（といった演技で）、殴る手を止めた。固唾《かたず》を呑《の》んで、彼らの様子を見ている和人。入来はその場によろよろと蹲《うずくま》った。呻《うめ》きながら、血が混じった唾液《だえき》を吐いている。すると、

「カット」

監督の力強い声が周囲に響き渡った。

「ＯＫです」

俳優たちが演技を終了する。助監督が、タオルを持って入来に駆け寄っていく。衣装のシャツにも血が飛び散っている。タオルを鼻に押し当てる入来。途端にタオルは真っ赤に染まっていく。アザマが近寄り、彼に声をかけた。

「素晴らしい演技だった。私が欲しかったのは、今のシーンのような表情だ。とてもいいカットが撮れたと思う。感謝するよ」

そういうとアザマは優しく微笑《ほほえ》んだ。血まみれの顔を綻《ほころ》ばせ、入来は言う。

「あ、ありがとうございます」

撮影が終わり、宿泊場所に戻る。

食堂に行くと、制作部が夕食の弁当と豚汁《とんじる》を配っている。食堂は、ホテルのレストランだった空間に、簡易的なテーブルやパイプ椅子《いす》を並べた場所である。

テーブルに座り、揚げ物や焼き魚が入った弁当を頬張る。撮影で冷え切った身体《からだ》に、温かい豚汁はとても有り難い。割り箸《ばし》が入った袋には、弁当屋の店名と電話番号が書いてある。撮影期間、我々は島から出ることなく撮影を続けているが、制作部は頻繁にチャーター船で港を行き来して、食糧などを調達しているという。

しばらくすると、マスク姿の入来が入ってきた。ジャージに着替え、猫背気味に歩いてくる。弁当と豚汁を受け取り、席に着いた。マスクを取り、弁当を食べ始める入来。露《あら》わになった頬の痣《あざ》は青ざめ、痛々しい。さっきの撮影で口の中が切れたのだろう。豚汁をすするたびに、痛そうに顔をしかめている。すでに食堂にいた杉浦は、ほかの役者やスタッフたちと何やら楽しそうに談笑している。ちらりと入来の方を気にしているが、話しかけようとする様子はない。

何だか居たたまれないような気持ちになった。空になった弁当と豚汁の容器を制作部が用意したゴミ袋に捨てると、入来の方に近寄る。

「入来さん、大丈夫ですか」

「あ、ああ……大丈夫、大丈夫。ありがとう」

人懐《なつ》っこい笑顔で彼は応《こた》えた。微笑みながらも、その表情はどこか痛ましい。和人は、彼の対面に座りながら言う。

「迫力のあるシーンでしたね。凄《すご》かったです」

「そ、そう……自分ではよく分からないよ。む、無我夢中だったんで。でも、いいシーンになったのなら、ほ、本当によかった」

入来は話すとき、少しどもる癖がある。彼もアザマ監督の映画に出るのは初めてで、オーディションで選ばれた役者の一人だという。和人は身を乗り出すと、周囲を気にして言う。

「でも正直に言うと……さすがにやりすぎかなとも思って」

「そう？」

「あれは、監督の指示だったんですか」

「も、もちろん」

二人が監督に呼ばれたときに、指示されたのだろう。和人はさらに声を潜めて言う。

「それに……杉浦さんから謝罪の言葉とかあったんですか。いくら演技だからって、あんなに何度も殴ったんですから」

和人は憤《いきどお》りを覚えた。入来に謝罪することなく、楽しそうに談笑を続ける杉浦。彼も和人たちと同じ、オーディションで選ばれた役者だった。だが、どこか鼻持ちならない性格で、あまり好きではなかった。会話したことも、ほとんどなかった。

入来が割り箸を動かす手を止めた。和人を見て言う。

「か、彼は悪くないよ。杉浦さんが私にあまり話しかけないのは、彼が今演じている役柄のためなんだ。飯島くんは、メソッド演技というのを聞いたことはある？」

「メソッド演技ですか？　いえ、初めて聞きました」

「アザマ監督の作品に出るなら、覚えておいた方がいいと思うよ。メソッド演技というのは、か、簡単に言うと自分が演じる役柄の人格や心理を徹底的に掘り下げて、その役に『なりきった状態』で演技することなんだ。一九四〇年代にアメリカの演劇界で確立した演技法で、こ、これを極めると、よ、より自然でリアルな芝居をすることができる。そのためには、演技をしている時以外も、つ、常にその役のことを考え、自分自身と一体化させる必要があるんだ。アザマ監督も、メソッド演技の手法を好んでいる。だから杉浦さんも、それを考えているのだと思うよ。ぼ、僕に謝罪したりすると、役としての関係性が壊れてしまうから」

「そうだったんですね。すみません。勉強不足で」

するると、入来の表情が変わり、

「あ、ごめんごめん。そ、そんなつもりで言ったんじゃないんだ。僕だって、偉そうなことを言える立場じゃないから。い、飯島くんは今いくつ？」

「三十七です」

「そう……いいね。まだ若くて、うらやましい」

「若くなんかありませんよ」

「僕に比べると、全然若いよ。僕はね、本当にこの作品にかけているんだ。こ、これまでの役者人生、お恥ずかしい話、『社員1』とか『通行人』とか、ほとんど名前などないような役ばかりだった。アザマ監督は、世界中が注目している素晴らしい監督だ。鬼才とか天才とかいう言葉では言い表せないほどの才能を持っている。そ、そんなすごい監督に選ばれるなんて、人生最初で最後のチャンスかもしれないんだよ。だから、監督の言うことだったら、なんでもやるよ」

目を輝かせて、入来は言う。和人も、後ろ向きになっていた自分の態度を恥じた。確かにそうだ。既成のやり方では、一向に道は開けないのだろう。

「同感です。……それに、僕は入来さんがうらやましいです。台詞があって、重要な役をもらっているから」

「い、いや、絶対に君にもチャンスがあると思うよ。我々は今撮影している映画が、どういう風に進んでいくか分からない。ストーリーは監督の頭の中にしかないからね。君は今の役柄になりきり、必死に演技を続けていけばいい。監督はきっと、き、君のことを見ているはずだから、一緒に頑張ろうよ」

「ありがとうございます」

「い、飯島くん……君の夢はなんだい？」

突然の質問に、和人は戸惑う。

「夢ですか……そうですね……いつか、映画の主役をやってみたいです」

「そう……我々はアザマ監督に選ばれた役者なんだよ。き、きっとその夢は叶《かな》うと思う」

彼の言葉に、なんだか希望が湧《わ》いてきた。入来の目にも、わずかに涙が滲《にじ》んでいる。

翌日からも撮影は続けられた。

相変わらず和人には台詞はない。メインの登場人物のうしろで、頷いたり、驚いたりしているだけだ。監督に話しかけられることもなかった。

撮影が進行するにつれて、この映画がどんな物語なのかが分かってきた。絶海の孤島で取り残されたものたちが、時には罵《のの》り合い、時には励まし合いながら生き抜いていくストーリーのようだ。だが、この先にどんな展開が待ち受けているのか、監督以外は誰にも分からない。

だから混乱を招かぬように、時系列通りに撮影していくのだろう。その方が、演じている方もやりやすい。感情が整理され、役柄に没頭することができて、演技もリアルになる。演技だけではない、アザマ監督の現場は全てがリアルに貫かれているのだ。

例えば、朝焼けや夕暮れのシーンは、通常ならば、スケジュールの都合などで昼間に撮影することが多い。画面にフィルターを施したり、ポスプロで色調を加工したりして、それらしく見せかけるのだが、アザマ監督はそれを嫌った。早朝のシーンは早朝に撮り、夕暮れのシーンは夕方に撮影することが徹底された。

さらに、遭難者の一人がウイスキーをラッパ飲みするシーンがあったのだが、ここでも監督はこだわりを見せた。通常の撮影ならば、空にしたウイスキーの瓶に紅茶などの褐色の液体を入れて、「ウイスキーを飲んでいる」ように見せかけて行う。撮影中に俳優が酔っ払ってしまっては困るし、実際に酒を飲めない役者もいるからだ。でもこの現場では、そういった誤魔化しは一切許されない。役者に本物のウイスキーを飲ませて、演技を行うように監督は指示した。野草を採ったり虫を捕まえたりする場面でも、一切カットを割らず、俳優にそのまま食べさせた。リアルに徹することが、この撮影現場の鉄則なのである。

入来が殴られた場面も、そのような演出意図があったのだろう。日が経《た》つにつれて、彼の頬の痣は赤茶色に変色してきた。メイクで傷を描いたとしても、このような生々しさを出すのは難しいと思う。衣装のシャツに付着した血も、どす黒い色になり、漂流の緊迫感を出すのに一役買っている。全ては監督の計算に違いなかった。

「漂流してから、十日ほどが経過しました。救助隊が現れることはなく、救命ボートに備蓄していた食糧も、もうすぐ底を突きそうです。漂流者たちは為《な》す術《すべ》もなく、誰も言葉を交わすこともありません。今から撮るのは、そんなシーンです」

アザマ監督が、俳優陣を集め説明している。和人は後ろの方で、監督の話に耳を傾けている。

その日撮影隊は、島にある一軒の家屋のなかにいた。海沿いの絶壁に建つ、二階建ての建物である。二、三十年ほど前に誰かが別荘として建てたものだという。景観は素晴らしいが、建物は老朽化し荒《あば》ら屋同然である。

数日前から、この建物で撮影している。漂流者たちが、島のなかを彷徨っている最中に見つけたという設定だ。家具も何もない、がらんとした広いリビング。照明のセッティングが終わり、俳優たちは監督が指定した位置に座り込んだ。

アザマの号令とともに、そのシーンの撮影が始まる。

無言のまま、床に座り込んでいる一同。和人も、部屋の片隅で膝《ひざ》を抱え、虚空《こくう》を見つめている。このシーンは、手持ちカメラで撮影するようだ。カメラを抱えたカメラマンが、リビングを動き回り、俳優たちの表情をとらえている。

静かなシーンである。波の音が心地よい。

少しうとうととしてきた。連日の撮影で疲労がたまっていた。本番中なのは分かっているのだが、本当に眠りそうになった。なんとか我慢する。

睡魔と戦っていると、和人の耳に女性の悲鳴が響いた。

夢うつつの幻聴なのか。だが、ほかの出演者も反応している。幻聴ではないようだ。

一気に目が覚める。

「一体どうした？」

下川辺が口を開いた。顔を見合わせる一同。声は二階の方から聞こえてきた。辺りを見渡すと、門脇美和子の姿がない。女性の出演者は彼女だけなので、悲鳴の主は(門脇演じる)カナエということなのだろうか。

カットがかからないので、役者たちはそのまま演技を続ける。

「二階だ」

別の出演者の一人が立ち上がり、階段に向かって歩き出した。下川辺や、ほかに何人かの俳優も後に続く。和人も階段の近くにいたので、彼らとともに、階上へと向かった。カメラも一同の後を追う。

二階に到着する。部屋の前で、門脇扮《ふん》するカナエが座り込んでいた。目を見開き、わなわなと震えている。下川辺が声をかける。

「お、奥さん、どうしました」

「夫が……」

門脇が室内を指差した。家具も何もない部屋。窓から海が見える。部屋の片隅で、誰かが頭から血を流して倒れている。背を向けているので、入口の方からは顔は見えなかったが、服装や体格から、杉浦ではないかと思った。床は血で汚れ、傍らには血の付いたスパナが転がっている。

「キリガヤさん……」

下川辺が愕然《がくぜん》とした声で呼びかける。

ここで物語は一転して、ミステリー映画のようになった。杉浦演じるキリガヤが、誰かに殴られ血だらけで倒れている。予期せぬ急展開である。監督からは、このような場面を撮影するとの説明は一切なかった。きっとアザマは、役者たちの素のリアクションが欲しかったのだろう。だから、あえて事前には言わなかったのだ。期待通り、俳優たちは迫真の演技を続けている。

遅れてやって来た入来が言う。

「イトウくん……ど、どうした」

和人を役名で呼ぶ。彼はチャンスを与えてくれたのだ。未《いま》だ自分は、この映画のなかで一言の台詞すら発していない。自分もそろそろ、この作品のなかで、何か爪痕《つめあと》を残さなければならない。反射的に倒れている男性に駆け寄った。カメラマンも後ろからついてくる。男の前に跪《ひざまず》き、顔を覗《のぞ》き込んだ。顔面は血だらけなのだが、倒れているのは杉浦に間違いなかった。

「キリガヤさん」

意を決して、役名で呼びかける。この映画で和人が初めて発した台詞である。両手を伸ばし、彼の身体をさすった。

でも、何かおかしい。

身動き一つしないのだ。

再び名前を呼びながら、彼のがっしりとした身体を揺さぶった。だが微動だにしない。

死体を演じているので、当たり前なのかもしれないが、それにしては完璧すぎる。呼吸もしていないようだ。必死で息を止めているのだろうか。でも身体が冷たいような気もするし、どんなにさすっても、瞼《まぶた》一つピクリとも動かない。

まさか……。

頭部からどくどくと流れ出ている鮮血。むせ返るような血の臭《にお》い……。

血の臭い……そうなのだ。どうして、本物の血の臭いがするのだろうか。

ということは……。

和人の背筋に悪寒《おかん》が走った——

彼は本当に……。

すると、

「はいカット」

監督の声がした。すぐ横で撮影していたカメラマンも、カメラを肩から下ろしている。俳優たちは演技を終了する。

だが、和人は杉浦の顔から視線を外すことができない。カットがかかっても、彼が動き出す気配がないからだ。ずっと目を見開いて倒れている。

不安に思い、声をかけようとする。だが助監督がやって来て、階下に移動するように指示された。背後を気にしながら部屋を出るが、結局杉浦が起き上がることはなかった。

撮影が終わり、宿泊場所に戻る。

先ほどの場面が頭にこびり付いて離れない。

もしあれが「死体」を演じていたとしたら、かなりの名演技だ。一体どうやったのか？　本人に聞いてみたい。演技だったとしたらなのだが……。

恐ろしい想像が脳裏を駆け巡る。演技であってほしい。和人はそう願った。

だが夕食の時間になっても、杉浦は食堂に姿を現さなかった。心のなかは、不安で満ちあふれる。やはり自分の想像は現実なのか……。とても一人では抱えていられない。入来に声をかけ、建物の裏庭に呼び出した。

「さっきのシーン……どう思います」

「さっきのシーンって？」

「杉浦さんの死体……本物みたいでした」

「うん、名演技だった。か、彼は素晴らしい役者だと思うよ」

「違うんです……」

和人は戸惑いながら言う。

「もしかしたら……本当に死んでいるんじゃないかと思って」

入来は笑いながら言う。

「ほ、本当に死んでいる？　まさか」

「僕は実際に彼に触れたんです。身動き一つせず、呼吸もしていませんでした」

「そ、それはそうだよ。死体を演じてるんだから。が、我慢して、ずっと息を止めていたんじゃないか？」

「我慢をするって言っても限界があります。身体も冷たかったような気がしますし」

「そりゃ冬だから、あんなところでじっとしていたら身体も冷えるだろう。あ、それか人形だったんじゃないかな？　杉浦さんに、そ、そっくりの精巧な人形を作らせて」

「人形なんかじゃありません。僕は間近で見ましたから……。それに臭《にお》いです。杉浦さんの顔や身体に付着していた血は、血糊《ちのり》ではなく、本物の血の臭いがしました」

通常、映画やドラマなどで「血」の表現をするときは、血糊という赤い粘り気のある液体が使用される。口に含んでもいいように、片栗粉に食紅を入れて作られているので、甘い香りがする。だから、本物の血と臭いは全く違うのだ。

「た、確かにそうだ。血の臭いがした……」

そう言うと入来は、腕組みをして考え込んだ。

「監督はリアルにこだわる人だからな……ほ、本物の血を用意させたんじゃないかな。血糊だと、嘘《うそ》くさいとか言って」

「そうなんでしょうか」

「本当に殺したなんて。さ、さすがにそれはないと思うよ……い、いくらなんでも、それはちょっと考えすぎじゃないか？」

翌日からも、何事もなかったかのように撮影は続けられた。

杉浦は一体どうしたのか。あれから撮影現場にも、宿泊場所にも一切姿を現さなかった。助監督の一人に、それとなく聞いてみた。すると、杉浦は出番を全て終えたので、船に乗せて帰したという。

本当にそうなのだろうか？　撮影が終わったのならば、私たち出演者に挨拶して帰るのが普通ではないか。確かに彼とはあまり話したことがなかったが、入来の話では、それはメソッド演技を心がけているからである。彼が鼻持ちならない態度を取っていたのは、役作りの一環だったはずだ。だが出演シーンが終わったのならば、もう演技のことを考える必要はない。挨拶もしないで島を去るのは不自然ではないか。

やはりあの助監督は何かを隠している。和人はそう思った。もし本当に、自分が見た杉浦の死体が「本物」だったとしたら、彼らもそのことを知らないわけはない。きっとスタッフぐるみで、殺人を隠蔽《いんぺい》しているのだ。そう考えると、スタッフの一人一人が恐ろしく見えてくる。

映画制作の現場というのは、時として狂信的な雰囲気になるものだ。いい作品を完成させるために、監督の希望を叶えることが彼らの正義であり、社会通念や人間性が蔑《ないがし》ろにされるのは決して珍しいことではない。もちろん、昨今はそういった業界の悪しき風潮を是正しようと動きがあり、撮影現場の環境は改善される方向に向かってはいる。それに、映画のために「人殺し」が行われたという話は聞いたことがない。だがこの現場にいると、そういったことが行われていてもおかしくないような雰囲気がある。彼らはアザマ監督のためなら何でもするという集団なのだ。監督の言うことは、どんなことでも実行に移そうとする。もし監督が、この作品のために、絶対に「本物の死体が必要だ」という指示を出していたとしたら……。

やはり、杉浦は殺されたのだ。状況的には、もうそうとしか思えなくなってきた。あの時自分が見たのは、本物の死体だったのである。

一体自分はどうすればいいのだろうか？　杉浦が本当に殺されたとしたら、一刻も早く警察に連絡しなければならない。だが、ここは海に閉ざされた無人島である。電波はつながっておらず、携帯電話は使えない。メールやSNSでメッセージを送ることも不可能だ。外部と連絡を取るためには、島を出るしかない。チャーター船を動かすには、スタッフの協力が不可欠である。でも彼らが殺害の事実を隠蔽しているとしたら、本当の理由を言うわけにいかない。何か別の名目で船を出してもらう方法もあるが、勘付かれる恐れもある。今は、あまり目立った行動を取るのは、得策ではないのかもしれない。

仕方なく、和人は撮影に参加し続けた。もはや最初のころにあった、アザマコレヤの映画に出演できるという喜びや、役者としての希望は完全に消え失《う》せていた。今、心のなかにあるのは、監督やスタッフらに対する猜疑《さいぎ》心だけだ。彼らはもはや映画のスタッフではない。まるで、狂信的なカルト組織の信者のようだ。命じられれば、殺人さえも厭《いと》わない人間たち。

彼の脳裏に、あのときの杉浦の顔が蘇《よみがえ》る。撮影が終わっても、瞼一つ動かない顔。血にまみれた蒼白《そうはく》の肌。意志が失われた灰色の目。むせ返るような血の臭い……。

もしかしたら、次の餌食《えじき》は自分かもしれない……。そう思うと、心底恐ろしくなった。すぐにでも、ここから逃げ出したい。だがここは絶海の孤島である。今のところ、脱出する術はない。

そんな和人の思いと裏腹に、撮影は粛々と進められてゆく。

ある日のことだ。例によって、アザマ監督が俳優を集めて、説明を始めた。

「女を制するものが、この集団のリーダーになるのです……」

海沿いの家屋の広いリビング——

漂流者を演じる彼らの顔は、皆一様に無精髭《ひげ》に覆われている。衣装も連日の撮影で劣化しており、リアルな雰囲気を出している。

映画の内容は、杉浦が演じていたキリガヤの死によって、大きく変わってきていた。実質的に、漂流者らのリーダー的存在だったキリガヤ。一体彼を殺したのは誰なのか？　疑心暗鬼のなか、漂流生活を続ける乗客たち。夫を亡《な》くしたカナエは、次々と男と関係を持ち、彼らはカナエに魅了されてゆく。彼女に認められたものが、漂流者たちの新しいリーダーになるとアザマは言う。

「そして、カナエが選んだ新しい夫は……」

アザマは一同を見渡す。サングラスをかけているので、表情はよく分からない。そして、和人を見て視線の動きを止めると、口を開いた。

「イトウだ」

「ぼ、僕ですか……」

「そうだ。飯島くん、君にお願いしたい」

和人は唖然《あぜん》とする。アザマは言葉を続けた。

「イトウは生き別れた妻や子供のことを思い葛藤《かっとう》する。だがやがて、彼は自分の運命を受け入れ、カナエの夫となり、この集団のリーダーとなってゆく……」

彼がイトウの設定を知っていたことにも驚いた。助監督から聞いたのだろうか。でも、まさか選ばれるとは思っていなかった。自分は、端役にすぎないと思っていたからだ。芝居でカナエとはほとんど絡《から》んだことはないし、そもそも、これまで和人にはまともな台詞が与えられていない。

「飯島くん……君には期待してるよ」

「は、はい……分かりました」

そう答えるしかなかった。視線を感じて辺りを見ると、カナエ役の門脇美和子が微笑んでいた。撮影当初は色白だった彼女も、肌は焼け、野性的な雰囲気になっている。戸惑いながらも、和人は小さく会釈《えしゃく》する。

早速、和人が新しい夫に選ばれるシーンを撮影することになった。カメラのセッティングが終わり、いよいよ本番である。

するとアザマが近寄ってきた。目の前に立つと、和人を見据えて言う。

「飯島くん……私がこの作品で表現したいことは、何だと思う」

「表現したいことですか……」

いきなりの質問に戸惑いを覚えた。少し考えて、彼は答える。

「すみません……正直言って、さっぱり分かりません」

「絶望だよ」

サングラス越しに、アザマは和人をじっと見る。

「私がこの映画で表現したいのは、果てなき絶望だ……」

そう言うと、彼はモニターの方へ向かっていった。

撮影が終わり、宿泊場所の建物に戻る。

食堂で配られた弁当を食べていると、入来がやってきた。

「飯島くん、おめでとう。やったじゃないか。つ、ついに、監督に認められたな」

和人の隣に腰掛けた。彼の顔も無精髭に覆われ、頬の痣はほとんど見えなくなっている。手にしていた弁当の蓋《ふた》を開けながら言う。

「そ、それも、カナエが選んだ新しい夫の役だ。かなり重要な役じゃないか。いやあ、本当によかった」

「ありがとうございます」

入来は、自分のことのように喜んでいる。だが内心は複雑だった。今日の撮影で初めて、主要な登場人物との絡みがあったのだが、正直ちっとも嬉《うれ》しくはない。撮影の始めのころなら、小躍りしていただろうが、今はそんな感情は一切湧き上がってこなかった。アザマ監督とその取り巻きのスタッフらは、一人の役者をなぶり殺しにしたのかもしれないのだ。

そんな和人の気持ちとは裏腹に、入来は話し続ける。

「ここまで頑張ってきた甲斐《かい》があった。ぼ、僕も本当に嬉しいよ……」

そう言いながら、テーブルの下にある和人の左手を握りしめてきた。

思わずはっとする。一体どういうつもりなのか。彼の手が離れると、掌には何か感触があった。開いて見ると、それは幾重かに折られた紙片だった。

「あ、あとで読んでほしい」

耳元でそう言うと、入来は何食わぬ顔で弁当を頬張り始めた。

食事が終わるとすぐ、トイレの個室に入った。入来から渡された紙を開く。手帳のページを切り取ったものだ。そこには、ボールペンか何かで書いた文字でこう記されていた。

『君の言うとおりだった。ここにいたら僕たちの命はない。一緒に逃げよう。午前二時、荷物をまとめて、建物の裏に来てほしい』

すぐにトイレを出た。自分が寝泊まりしている部屋に向かう。二階にある和室の五人部屋である。同室の役者はまだ食堂にいて、部屋には誰もいなかった。すぐに逃げ出すことができるように、手早く荷物をリュックに詰め込む。

深夜になった。

ほかの役者たちは眠りに落ちている。腕時計を見ると、針は二時を指そうとしていた。そっと布団《ふとん》から出て、リュックを持って立ち上がった。物音を立てないようにして、部屋を抜け出す。

暗がりの中、建物の廊下を歩いて行く。念のため懐中電灯を手にしてはいるが、ここで点灯してはならない。スタッフに見つかってしまっては、元も子もないからだ。注意深く目を凝らしながら、階段を降りて行く。幸い人の気配はない。一階にたどり着くと、ロビーとは逆側にある非常口に向かった。

慎重に、非常口のドアを開ける。金属の軋《きし》む音がして、はっとする。なるべく音を立てないようにして、建物の外に出た。夜の冷たい風が、和人の頬を刺す。

「い、飯島くん、こっち」

暗闇《くらやみ》のなかで入来の声がした。声の方に目をやるが、真っ暗で分からない。彼が懐中電灯を点《つ》けて、自分がいる場所を指し示した。入来は樹木の陰に身を潜めている。

「早く行こう」

入来と合流し、建物を後にした。

遠くにさざ波の音がする。足早に、木々に囲まれた森のなかの道を進んでゆく。月明りの下、次第に目が慣れてきた。背中に大きなリュックを背負っている入来。猫背気味の背中をさらに丸めて、せっせと歩いている。和人は言う。

「どうやって島から逃げ出すんですか」

「た、確か船着き場に小型ボートがあった。それに乗って逃げよう。きょ、今日は天候も穏やかだから、波も荒くないと思う」

ここから船着き場までは、歩いて二十分ほどだ。急いで行けば十五分で着く。だが入来はもうすでに、はあはあと息を弾ませている。彼は自分より、十以上は歳《とし》が上なので、体力的には致し方ない。早く逃げ出したいのはやまやまなのだが、彼の歩調に合わせて進むしかない。

「き、君の話に、もっと真剣に耳を傾けておけばよかった……。彼らは常軌を逸している。スタッフだけではない、アザマ監督の常連組の俳優たちも、み、みんな普通ではない。監督に命じられたら、何でもする」

「どうして、僕の話を信じてくれるようになったんですか」

「最初に君から話を聞いたときは、しょ、正直信じられなかった。でも、実はちょっと気になっていたんだ。そ、それで、役者の一人にそれとなく聞いてみた。ほら、アザマ作品の常連組の下川辺さん。そしたら、当たり前のように言われたよ。い、入来さんは知らなかったのって。あのとき俺たちが見た杉浦の死体は、ほ、本当の死体だったんだって」

「やっぱりそうだったんですね……」

入来が興奮気味に言う。

「あのシーンを撮影した後、せ、制作部と助監督らが、杉浦の遺体を運び出し、海に投棄したというんだ。そ、それを聞いたら、恐ろしくなってね。は、早くここから逃げ出さなきゃならないと思って」

和人は身を震わせる。やはり、杉浦は殺されていた。恐るべき疑惑は、もう疑惑ではなくなったのだ。

「でも、どうしてそんなことを……」

「監督のためだと言うんだ。アザマ監督は、い、今まで誰も見たことがない映画を作り上げようとしている。ほ、本当に人が殺されるミステリー映画だ」

入来の話を聞いて、和人は目を見張る。

「そんな……。でも本当に人を殺してしまったら、映画を作るどころか、監督やスタッフは逮捕されてしまうじゃないですか」

「べ、別に逮捕されてもいいんじゃないか。映画史に残るような、伝説の作品が生まれるのならば……。そ、それか、撮影が終わったら、このまま日本に戻らず、どこかの国に逃げるつもりなのかもしれない」

「馬鹿《ば か》げています。止めるスタッフは一人もいないんですか」

「言っただろ。彼らは監督の言うことなら何でも聞く。い、一種の集団催眠のような状態だ。素晴らしい作品を仕上げるためには、人殺しでもなんでもやる。俳優たちもそうだ。皆一様に、精神を病んでいる。こ、この前話した、メソッド演技のこと覚えてるか？」

「ええ」

「め、メソッド演技とは、徹底的にその役になりきることだが、一部には危険性を指摘する声もあった……。メソッド演技は、その役柄の内面を深く掘り下げ、自分と役柄を同一視したりするため、俳優の精神につ、強い負担をかけるというんだ。往年の名優であるモンゴメリー・クリフトは、メソッド演技にのめり込むあまり、精神が不安定になり、その後の俳優人生に大きく影響した。マリリン・モンローも、メソッド演技を実践していたために、薬物中毒で死亡している。き、近年ではヒース・レジャーが『ダークナイト』のジョーカーを演じたときに、メソッド演技の弊害で、睡眠障害に陥った。そ、その結果、いくつもの薬を併用して摂取し、映画の公開を待たずに、急性薬物中毒で命を落としている」

「現実と虚構の区別がつかなくなってしまうんですね」

「そ、そういうことだ……。偉そうに君にメソッド演技を勧めてしまい、申し訳なかった。僕もまさか、彼らがこんなことまでするとは思っていなかったんだ。本番中に、平手打ちを浴びせられたときに気が付くべきだった。ほ、本当に腹立たしい。あんな監督なのに、み、認められたと思って喜んでいた自分がつくづく愚かしいよ」

涙まじりの声で、入来が言う。和人も全く同じ気持ちだった。沸々と怒りが湧いてくる。何が作品のためだ。命じられるままに行動するスタッフも尋常ではないが、「傑作を残したい」という独善的な理由だけで、人殺しを実行する監督には憤りを禁じ得ない。

「と、とにかく、これ以上巻き込まれるのはごめんだ。い、いつ自分が杉浦のようになるか分からない。早くこの島を出よう」

和人は大きく頷いた。さらに足を早める。

しばらく歩き続け、船着き場にたどり着いた。

懐中電灯を照らすと、チャーター船の脇に、小型ボートが停泊しているのが見えた。

「い、飯島くん。ボートがあった。よかった」

息を切らせながら、入来が言う。だがそのときだった。

物陰から誰かが飛び出してくる。二人の男だ。入来に襲いかかった。小柄な体格の彼は、すぐに捕らえられる。

反射的に和人も立ち向かおうとするが、その途端、後頭部に激痛が走った。

思わず振り返った。背後にいた別の男が手にしていたスパナを振り下ろす。それと同時に、和人の意識も潰《つい》えた。


暗闇のなか——

自分がどこにいるのか分からなかった。

波の音がする。朦朧《もうろう》とした意識のまま、なんとか瞼を開いた。

眩《まぶ》しさに顔をしかめる。煌々《こうこう》と輝く数台のライトが、和人を照らしている。ライトの脇には、スタッフや俳優たちの姿があった。

頭部の痛みを堪《こら》えて、周囲を見渡す。どこかの砂浜に連れてこられたみたいだ。立ち上がろうとしても、身動きが取れない。両手が後ろ手に縛られていた。両足にも、固くロープが巻かれている。辺りに入来の姿はない。彼は一体どうしたのだろうか。

「それでは、まもなく本番です」

助監督の声がする。カメラのレンズが、和人の方に向いた。ライトの前に、一人の男が現れる。立ちはだかる一人の男のシルエット。眩しくて見えないが、アザマ監督のようだ。

「ついに真犯人が判明しました」

そう言うと、和人を指し示した。

「イトウがキリガヤを殺したのです。怒りに震える皆さんは、彼を捕らえ、粛清することにしました。罪を犯したイトウは、この砂浜で、業火《ごうか》に焼かれ灰燼《かいじん》と化します。今から撮るのは、そんなシーンです」

アザマが背を向けて歩き出した。モニター前に置かれたディレクターズチェアーに座り込む。

本番の号令がかかった。カチンコを鳴らす音が、夜の砂浜に響き渡る。

十数名の俳優たちがこっちに向かって歩いてきた。そのなかには、カナエ役の門脇や、下川辺の姿もある。皆一様に、その目には狂気が宿っていた。役者の一人は、先端に火の点いた棒を……。別の一人は、重そうに赤いポリタンクを抱えている。それを見て和人は息を呑んだ。

本当に自分は焼き殺されるのだ――

脳裏に、杉浦の顔が蘇った。

全身が恐怖に支配される。叫び声を上げながら、必死に逃げようとする。だが、手足を縛られているため、身体を動かせない。その間にも、俳優たちはどんどん迫ってくる。

アザマ監督は、身を乗り出してモニターを注視していた。人間が紅蓮《ぐれん》の炎に包まれる光景を、固唾を呑んで待ち望んでいる。その姿を見ると、怒りがこみ上げてきた。何であんな奴《やつ》のために、自分は死ななければならないのだ。

鼻孔に届くガソリンの臭い。こちらに向けられたカメラのレンズ。迫り来る俳優たち。彼らの演技をじっと見ているスタッフ。

和人の脳裏に、かつてのアザマの言葉が蘇る。

――絶望だよ。私がこの映画で表現したいのは、果てなき絶望だ――

何が絶望なものか。自分はあの男の道具ではない。怒りが頂点に達した……。

すると、急に両手が自由になった。

すぐには何が起こったか分からなかった。足下に目をやると、誰かがナイフで巻かれたロープを切っている。

入来である。どこかに隠れていて、隙《すき》を窺《うかが》っていたのだろう。足下のロープを外すと、アザマの方を指差した。

「ぼ、僕たちが、生き残るためには、あ、あの男を殺すしかない」

その通りだと思った。入来からナイフを受け取る。折り畳み式の携帯ナイフだ。最後の力を振り絞って、立ち上がった。俳優たちをかき分け、アザマのもとへ駆け寄ってゆく。

彼がモニターから視線を外した。驚いたように和人を見る。逃げだそうと立ち上がるアザマ。制止するスタッフを振り払い、彼の背中にナイフを突き立てた。

両手に満身の力を込める。

身体に埋没してゆくナイフ。呻き声とともに、彼は砂浜に崩れ落ちる。すぐに取り押さえ、馬乗りになった。

絶望を感じるのは、お前なのだ。

彼の心臓めがけてナイフを突き刺す。何度も……。何度も……。

断末魔の悲鳴をあげて、身体を痙攣《けいれん》させているアザマ。だが、やがて動かなくなった。二つの虚《うつ》ろな目は、暗い空をじっと見ている。

和人は静かに立ち上がった。血まみれのナイフを放り投げる。

夜の砂浜を、冬の夜風が吹き荒《すさ》んでいる。はあはあと息を弾ませ、立ちすくんでいる和人。背中越しに、彼らのざわめく声がする。

なんて愚かなことを……

世界に誇る才能を……

俺たちの監督を……

映画はどうなるんだ……

絶対に許せない……

振り返ると、彼らは怒りの眼差しを向けている。何十ものスタッフの目、目、目……。和人を睨《にら》みつけながら、にじり寄ってくる。思わず後ずさりした。

後ろはもう、暗黒の大海原である。もはや逃げ場はない。自分は殺されるのだろうか？　彼らの〝神〟を殺《あや》めた罰として……。

打ち寄せる波に足を取られる。身体がよろけ、その場に崩れ落ちた。氷のように冷たい海水に、身を震わせる。

ずぶ濡《ぬ》れになりながら、和人は思った。

今、自分が置かれた状況が、現実のものでなければどんなにいいだろうか。例えば夢の続きや、映画のなかでの出来事だったとしたら……。

どんなに……。

「はい、カット」

男の声が響いた。それと同時に、スタッフらは足を止める。

何が起こったのか分からない。和人は身を竦《すく》めながら、様子を窺っている。すると……。

奥から誰か歩いてきた。彼は言う。

「私は今、最高に興奮している。想像以上にいいシーンが撮れた。やはり君は、私が見込んだだけのことはある」

その男は入来だった。でもまるで別人のようだ。いつものような気弱な猫背姿ではなく、背筋を伸ばして毅然《きぜん》としている。言葉のどもりもない。砂浜に倒れている、アザマの遺体を見て言う。

「彼も素晴らしかった……。見事に私になりきり、私を演じてくれた。究極のメソッド演技と言えよう。こだわって、オーディションで選んだ甲斐はあった」

頭が激しく混乱する。彼の言葉の意味が理解できない。

「まだ分からないのか。最初から……君が主役だったんだ。言っただろう。監督はきっと君のことを見ているって。私はずっと君の傍にいて、君を見ていた。君の一挙一動を、悟られないようにカメラで撮影していたんだ。君の怯え、嘆き、怒り……その表情や行動の全てが、本当の私の作品だったというわけだ」

そう言うと、彼は静かに笑った。

「だって映画の主役になることが、君の夢だったんだろう」

その言葉を聞いて和人は愕然とする。最初から騙《だま》されていた。ようやく自分が置かれた状況を理解する。

「では、次のシーンを撮るよ。カメラを回して……。さあ早く逃げて。逃げて逃げて、死の恐怖に震え、恐れ戦《おのの》くんだ。私が撮りたいのは、極限状態に追い込まれた、人間の絶望なのだから」

ライトが向けられる。波打ち際《ぎわ》で、半身が海面に没した和人の姿が露《あら》わとなった。力なく立ち上がる。濡れた衣服から、ぽたぽたと滴《しずく》がこぼれ落ちている。

もはや選択肢はなかった。自分にできるのは、与えられた役割を演じ続けることだけだ。

　すると――

　なぜだか、可笑《おか》しくなってきた。笑いがこみ上げてくる。堪えきれず、くすくすと笑い出した。自分の感情の回路がどうなっているのか分からない。とにかく、可笑しくてたまらないのだ。

　暗黒の海を背景に、スポットライトに照らされている和人。カメラに向かい、笑みを浮かべている。

　恐らくそれは、彼の役者人生で最高の笑顔に違いなかった。

リヨンとリヲン

鳥の囀《さえず》りで目が覚めた。

ゆっくりと身を起こす。微睡《まどろ》みの中、辺りを見回した。自分がどこにいるのか分からない。薄暗い部屋である。カーテンはみな閉じられているが、隙間《すきま》からの陽光で真っ暗というわけではない。

古めかしい家具で調度されている室内。彼が眠っているベッドも、木製のアンティークなものだ。ベッド脇《わき》には、自分の持ち物である黒革のリュックが置いてあった。眠っている間に、誰かが置いてくれたのだろう。

ベッドから下りて、窓辺へと向かう。カーテンを開けると、眩《まぶ》しい朝の光が目に飛び込んできた。手をかざしながら、外の景色を見やる。

眼下には、牧歌的な風景が広がっている。井戸で水をくむ村人。家々の煙突から立ち上る煙。新緑の中に建ち並ぶ、煉瓦《れんが》造りの家並み。遠くには、残雪を纏《まと》っている山脈の景色が見える。この場所は本当に日本なのか。どこかの異国の村に迷い込んだような感覚である。

一体、ここはどこなのだろう。

昨夜の記憶を辿《たど》ってゆく。目隠しをされて、車に乗せられた。いつのまにか、車の中で眠ってしまったらしい。それで目が覚めたら、この部屋にいた。とはいえ、決して拉致《らち》されたというわけではない。ここに来たのは、自らが望んだことなのだ。

彼はまだ、ここがどんな場所なのか知らされていない。ただ聞かされたのは「本来の自分」を取り戻すことが出来る場所……ということだけである。もう取り返しの付かないほど愚かで、欺瞞《ぎまん》に満ちた都会の生活には飽き飽きなのだ。

するとノックの音がした。

「どうぞ」

恐る恐る返事をする。

ドアが開いてエプロン姿の婦人が顔を出した。一つに束ねた白髪《しらが》交じりの髪。六十は越えているだろうか。ふくよかで愛嬌《あいきょう》のある雰囲気の女性である。満面の笑みを浮かべて彼女は言う。

「目が覚めた？　リヨン、朝ご飯が出来たわよ。食べる？」

女性に促され、部屋を出た。

せまい階段を窮屈そうに彼女は下りて行く。女性のでっぷりとした背中に、声をかけた。

「あの、リヨンというのは？」

「この村でのあなたの名前よ。ここではみんな、愛称で呼び合うことにしているの。その方がいいでしょ」

階下に着くと女性は、「座って待ってて」と言ってキッチンに姿を消した。リヨンと呼ばれた彼は、反対側にあるダイニングへと向かう。

だが、すぐに足を止めた。視線の先には、さっきの女性の姿があった。鼻歌を歌いながらダイニングテーブルに料理を並べている。一瞬何が起こったのか分からなかった。彼女はさっき、キッチンに入ったはずなのだ。すると配膳《はいぜん》をしている女性は、リヨンを見て言う。

「何をしてるの。リヨン、早く座って」

躊躇《ちゅうちょ》していると、背後から声がして、

「そうよ。遠慮せずに、さあどうぞ」

もう一人の女性がキッチンから出てきた――

山盛りにパンを入れたバスケットを手にしている。女性はダイニングテーブルの方まで来ると、料理を並べていた女性の横に立った。

呆気《あっけ》にとられた。同じ顔の女性が二人いる。愛嬌のある笑顔。ふくよかな体軀《たいく》。服装や髪型までよく似ている。訳が分からず立ちすくんでいると、パンを持ってきた方の女性が言う。

「驚いたでしょ。私たちそっくりでしょう」

もう一人の女性が言う。

「さあ、冷めないうちに早く召し上がって」

食事が終わった。リュックを手に、その家を出る。

二人の女性の後について、村のなかを歩いていった。これから、リヨンが暮らすことになる家に案内してくれるというのだ。先ほどの食事のとき、二人は双子の姉妹で、姉の名前がアルマ、妹がイルマだと教えてもらった。でも今は正直、どっちがアルマでどっちがイルマか分からない。よく見ると洋服の柄や髪留めの形が違うのだが、それ以外は本当にそっくりなのだ。二人はリヨンの世話係だという。「困ったことがあったら何でも相談して欲しい」とのことだ。

煉瓦造りの建物が建ち並ぶ道を進んでゆく。この道が村の大通りなのだろう。すると、対面から背の高い二人組の男性が歩いてきた。手ぬぐいを肩にかけた、農夫のようないでたちである。だがその顔を見て、リヨンはぎょっとする。二人をまじまじと見比べた。

なぜなら彼らの顔も、全く同じだったからだ。顔だけではない。百八十センチ以上はあるかと思われる身長も、浅黒い肌やもじゃもじゃの髪、無精髭《ひげ》の生え方まで寸分違《たが》わないのである。

アルマたちと陽気に会釈《えしゃく》を交わすと、二人の農夫は通り過ぎて行った。彼らも双子なのだろうか。すると、今度は奥から二人の中年女性が歩いてきた。リヨンはまた啞《あ》然《ぜん》とする。彼女らの顔も、コピーしたかのように酷似しているのだ。それだけではなかった。行き交う村人らの姿を見て、リヨンは目を見張った。彼らは常に二人一組で行動しており、その顔は皆一様にそっくり同じなのである。

薪《まき》を割っている逞《たくま》しい二人の青年も……。よぼよぼと杖《つえ》を突いて歩いている二人の老人も……。井戸端で水をくんでいる二人の婦人らも……。彼らはそれぞれがみな、瓜《うり》二つの顔をしているのだ。

リヨンたちを見て、笑顔を向ける彼ら。まるで夢の中にいるみたいだ。

二つの同じ顔――

それを見て、彼は激しく当惑する。

一体これはどういうことなのだろうか。彼らもアルマやイルマのような双子ということなのか。だがそれならばなぜ、こんなにも多くの双子がこの村にいるのか。そしてなぜ、自分はこの双子だらけの村に誘われたのか。

訊《き》いてみたいことは山ほどある。前を歩く姉妹に声をかけようとするが、それと同時に二人は立ち止まった。振り返って、アルマ（イルマかもしれない）が言う。

「着いたわよ」

そう言うと彼女は、一軒の家に向かって歩き出した。

古びた二階建ての洋館である。壁面には蔦《つた》が絡《から》まっており、とても趣《おもむき》のある建物だ。

二人の女性は、鉛色の門扉《もんぴ》を開けて、敷地のなかに入っていった。樹木が生い茂った庭を少し歩くと、建物の入口にたどり着いた。

「ここが、今日からあなたが暮らす家よ」

そう言うと、イルマ（アルマかもしれない）が、重そうな木製のドアを開ける。建物の中に足を踏み入れた。リヨンも後に続く。玄関ホールを抜けて、奥のリビングにたどり着いた。

一方が庭に面しているリビング——

窓から温かな陽光が差し込んでいる。部屋の中心にある大きなソファに座るよう促された。リュックを手にしたまま、ソファの端に腰掛ける。それにしても立派な家だ。一人で暮らすにはとても広すぎる。するとアルマが言う。

「じゃあイルマ、呼んできてくれる？」

「分かったわ」

にっこり笑うと、イルマは部屋を出て行った。どんどんと階段を上る足音がする。二階に向かったようだ。

しばらく待っていると、彼女が戻ってきた。後ろに誰かいる。

「紹介するわ。あなたの同居人よ」

イルマの陰に隠れていた誰かが姿を見せた。思わず立ち上がる。陽光に照らされたその顔を見て、リヨンは啞然とした。

下りて来たのは若い男である。彼もこちらを見て目を丸くしている。その姿を見て、リヨンはまるで、そこに鏡があるかのような錯覚に陥った。

なぜなら二階から下りてきた男は、自分が最もよく知る人間と同じ顔をしていたからだ。

少しウェーブのかかった髪。上目遣いの眼差し。長いまつげ。男にしてはやけに白い肌。鼻の高さや唇の造作。少し猫背がかった姿勢まで——

それは、毎日朝起きて鏡で見る顔……。そう、彼は自分とよく似ている……いや、似ているという表現は正確ではないのだろう。彼の顔は、リヨン自身の顔そのものであると言っても過言ではないのだ。

すると、二人の婦人がくすくすと笑い始めた。リヨンたちのリアクションが面白かったからなのだろう。笑いながらアルマが言う。

「本当によく似ているわ。リヨン、あなたの弟よ」

「弟？」

リヨンがそう訊くと、今度はイルマが答える。

「そう、弟のリヲン。三日前にこの村に来たの」

状況がすぐには理解できなかった。リヨンに兄弟はいないはずである。弟がいるなど聞いたことがない。しかも、自分にそっくりの……。

リヲンと呼ばれた男も、当惑した眼差しでこちらを見ている。きっと彼も同じ気持ちなのだろう。ということは、おそらく自分も今、こんな顔をしているに違いない。

対峙《たいじ》するリヨンとリヲン。それぞれの脇に立つアルマとイルマ。同じ顔をした二人の青年とふくよかな二人の婦人。もしここにもう一人違う誰かがいたら、その人にはまるで騙《だま》し絵のように見えるかもしれない。

「一体これ……」

「一体これ……」

リヨンが何か言おうとすると、ほぼ同時にリヲンが口を開いた。顔を見合わせると、ばつが悪そうに二人は口を閉ざす。笑いながらイルマが言う。

「驚くのも無理はないわ。私たちも最初はそうだったものね。姉さん」

「いいわ。一体どういうことなのか。事情が知りたいのでしょう」

そう言うとアルマは話し始めた。

彼女によると、二人は生き別れの兄弟だという。一卵性の双子として生まれたのだが、ある事情により別々の家庭に引き取られ、育てられたというのだ。

だが話を聞いても、リヨンは俄《にわか》には信じることが出来ない。自分に双子の弟がいる……。考えたことも、想像したことも、夢に見たことすらなかった。すると、アルマが言う。

「じゃあ、つもる話もあるだろうから、私たちはこのあたりでお暇《いとま》しましょうか」

「何か困ったことがあったら、うちに来て。ああ、それとお昼ごはんを一緒に食べましょう。おいしいものを用意しておくから」

そう言うと、二人は部屋を出て行った。呼び止めようと思ったが、やめておくことにした。訊きたいことは沢山あったが、何から質問していいのか分からなかったのだ。

二人だけが取り残された部屋――

互いを探り合っているのか、沈黙の時間だけが流れている。さっきの話では、自分が兄ということだった。先に話しかけるべきなのだろうか。意を決して、声をかける。

「君の名前……リヲンって言うの？」

彼はまだ、戸惑ったままの顔をしている。少し考えると、口を開いた。

「この村に来たときに付けられた名前だよ。その……兄さんも……そうなんでしょう」

「兄さん」と呼ばれて妙な気持ちになった。もちろん今まで、そんな呼び方をされたことはない。それもそうなのだが、彼の声も自分とよく似ていることに驚いている。こうやって、他人の口から自分の声を聞くことなどないので、なんとも不思議な感覚である。

「ああ、そうだよ。君は……リヲンはどうしてこの村に来たの」

わずかに目を伏せると、彼は語り出した。

「……ある人に誘われたんだ。この村に来て暮らさないかって。都会は荒《すさ》んでいて、とても豊かな生活が出来る場所じゃないだろう。だから、丁度いいと思って……。でも兄さんのことは、何も聞かされてなかったよ」

リヨンがこの村に来た事情も、彼と全く同じだった。ある日突然、ずっとリヨンのことを探していたという人が現れて、村に来ないかと誘われたのだ。リヲンと同じく、都会の暮らしには嫌気が差していたので、移住することに抵抗はなかった。街は荒廃し、人間性が失われた愚劣な者たちで溢《あふ》れかえっている。一刻も早く、逃げ出したかった。

それから二人は少し会話をする。自分の双子の弟だというリヲン。その表情には、どことなく暗い影が差しているように感じた。それ以外は正直悪い奴《やつ》でもなさそうに思う。とはいえ、彼が本当に自分の弟なのかどうかという疑念はまだ払拭《ふっしょく》されていない。これほどまでによく似ているので、一卵性双生児だと言われると信じてしまいそうになるが、本当にそうなのだろうか。例えば、高度な整形手術のようなことを行《おこな》って、自分そっくりに似せているのかもしれない。もしくは、そんなことが現実に可能かどうかは分からないが、クローン技術などで作り出された複製人間である可能性も考えられる。でも、もしそうだとしたら、なぜそんな手の込んだことをするのだろうとも思う。一体誰が？　何のために？

いずれにせよ、しばらく様子を見ることにしよう。この村のことはまだよく知らないし、双子の弟だという彼との生活がどんなものなのか、興味がないわけではない。ちらりとリヲンのほうに目をやる。思わずはっとした。何か、こちらを窺《うかが》うような眼差しを投げかけている。

ちょび髭の男が二人、ギターを手に演奏を始める。楽しげに歌い出した。男たちの顔はもちろんそっくりだ。手拍子で盛り上げる村人らの顔も一様に、二人一組の同じ顔が並んでいる。リヲンは目を丸くして、彼らの姿を見ていた。こうして、村の住民たちが一堂に会した姿を見るのは、初めてのようだ。

その日の夜、リヨンたちの歓迎パーティーが開かれた。

広場の中央に組まれた薪には火が灯され、盛大に料理や酒が振る舞われた。総勢二十名ほどの村人たちはとても陽気で、二人を温かく迎えてくれた。何より驚いたのは、村人たちは必ず二人一組で現れ、必ず同じ顔をしているということだ。服装の差異がなければ、見分けが付かないほどである。つまりこの村に住むものはみな、一卵性の双子なのだ。それ以外のものは、この村にはいないという。

見渡す限り、双子だらけの村人たち。同じ二つの顔、顔、顔……。まるで異世界に迷い込んだような、どこか不可思議で幻想的な光景である。呆気にとられて見ていると、

「楽しんでいる？」

グラスを手にアルマとイルマが近寄ってきた。二人ともほろ酔い気分で、なにやら楽しげな様子である。満面の笑みを浮かべながら、アルマが言葉を続ける。

「紹介したい人がいるのよ」

彼女たちの背後に立っている二人の女性を指し示した。イルマが言う。

「あなたたちと同じくらいの歳《とし》でしょ。話が合うかもしれないと思って」

手をつないで、顔を赤らめている二人の長い髪の女性。それぞれベージュと茜《あかね》色のワンピースを着ているのだが、それ以外は同じである。栗色の髪も、黒目がちの眼も、ほっそりとした体つきも、もじもじとした身のこなしまでよく似ている。あどけない顔をしているので、リヨンたちよりも幾分か年下なのかもしれない。

アルマが嬉《うれ》しそうに言う。

「こちらが姉のリリア」

ベージュのワンピースの女性が恥ずかしそうに頭を下げる。続けて、イルマが口を開いた。

「そしてこちらが妹のルルア」

茜色のワンピースの女性が頭を下げた。二人とも美しい娘である。背後の薪の炎が、双子の姉妹の美貌《びぼう》を際立《きわだ》たせている。リヨンたちも自己紹介して、彼女らと少し話をする。

その夜の宴《うたげ》は盛り上がり、夜半すぎまで続けられた。

こうして村での暮らしが始まった。

双子だけの奇妙な村。そこでの生活はとても興味深いものだった。

村人たちは基本的に農作業や牧畜に従事している。彼らは村でとれた作物や畜産物を食べて暮らしているが、それだけでは不十分だ。週に一回、街から物資が届き、村人たちに支給されている。一体誰が、物資を融通しているのだろうか。なぜこんなにも彼らは、優遇されているのだろう。

そして、何よりも不思議なのは、どうしてこの村には双子だけしかいないのか？ということである。何度かアルマとイルマにその理由を訊いてみたが、いつも質問をはぐらかされた。いずれ分かるということなのだ。

とはいえ、村での生活に不満があるかというと、そういうわけではない。村人たちは、人間味溢れた善人ばかりで、とてもよくしてくれる。食事は今のところ、アルマたちの家で食べているのだが、これがまたべらぼうに旨《うま》い。それに、この村では特に働かなくても、支給される物資でなんとか生活していける。ここに来るまでの生活とは大違いだ。荒れ果てた都会での暮らしを思い出すと、反吐《へど》が出そうになる。本当にこの村に来てよかったと思う。

最初は探り合うようなものだったリヲンとの関係も、次第に打ち解けるようになった。趣味や思考も似ていたので、話がよく合ったのだ。蔦の絡まる家の一室で、二人は時間を忘れて話をした。お互いの家族のこと。子供のころのこと。学生時代のことや、大人になってからのこと……。

驚くべきことに、これまで二人が送ってきた人生もそっくりだった。趣味や学校時代の成績、好きな本や音楽。乗っていた車の車種や色。飼っていたペットや初めて交際した女性の名前までも。

さらに、子供のころからリヨンは家族と上手《うま》くいっていなかったが、リヲンもそうだったと言うのだ。人付き合いが苦手で友達があまりいないことや、職場を転々としてきたこと、父と母が相次いで病死していることとその時期まで合致していた。

これは双子という言葉だけでは説明がつかない、奇妙な偶然の一致と言えた。心理学者のユングが提唱した概念にシンクロニシティという言葉がある。シンクロニシティとは、一見関連のないように思える事柄が、偶然とは思えない形で同時に起こることだ。ユングは、物理的時間や空間の制約を超えた超越的な次元が存在し、その次元を通じてこのような現象が起こるものと考え、シンクロニシティ(「共時性」「同時性」)と呼んだ。実際に双子の場合、このような事例は数多く報告されているようである。リヲンとは、目には見えない不可思議な絆《きずな》のようなもので結ばれていたというわけなのだ。

彼と初めて会ったときに、アルマは自分にこう言った。二人は一卵性の双子として生まれたのだが、ある事情により別々の家庭に引き取られ、育てられたと……。つまり、自分が両親だと思っていた人とは、血が繋《つな》がっていなかったということなのだ。それを聞いたときはもちろん、青天《せいてん》の霹靂《へきれき》であったことは間違いないのだが、その反面、妙な納得感もあった。物心ついてから自分はずっと、家族の中で孤立していると感じていたからだ。いや家庭のなかだけではない。社会に出てからも、上辺だけの軽薄な人間同士の馴《な》れ合いにとても迎合する気にはなれず、いつも一人ぼっちだった。

そのことを正直に告げると、リヲンは言う。

「驚いた……。僕も同じだよ。子供のころから、ずっと孤独だった。僕もずっと、兄さんと同じ感情を抱いて、これまで生きてきたんだ……」

その言葉を聞くと、目頭に熱いものがこみ上げてくる。すると、同じようにリヲンの目にも涙が浮かんでいた。本当に、目の前に鏡があるようだ……。

思わず手を差し伸べる。死の世界を映し出した鏡に手をかざす詩人オルフェウスのように……。

リヲンのゆるやかなウェーブのかかった柔らかな髪に触れた。そしてリヨンは、囁《ささや》くような声で言う。

「やっと出会えたんだね……僕たち」

「ああ……兄さん」

初めて感じる、リヲンの感触――

胸の鼓動が激しくなる。ときめきに似た感覚である。それは、今まで決して経験したことのないような感情だった。

リヨンは確信する。目の前の男が決して鏡像などではないことを。そして彼は紛《まご》うことなき、たった一人の血を分けた自分の分身であることを。

村で暮らし始めて一ヶ月ほどが経《た》った。

リヨンたちにも畑が与えられて、耕作も始めた。農業などしたことはなかったが、村人たちに教わりながら、リヲンと二人、見よう見まねで畑を耕した。働かなくても別によかったのだが、他にすることもなく、暇で仕方なかった。それに、農作業は疲れるのだが、意外と楽しい。植えた野菜が出来るのが、待ち遠しかった。

食事も簡単なものは自分たちで作るようになった。アルマたちは遠慮しなくてもいいと言うが、いつまでも世話になるわけにもいかない。リヲンと分担して、家事をやるようになった。

しばらく暮らして分かったのは、そっくりだと思っていた二人にも、わずかな差異があるということだ。例えば、リヨンは左の首筋に大きなほくろがあるのだが、リヲンにはそれがない。身長も、リヨンの方が一・五センチほど高く、靴のサイズもリヨンの方がワンサイズほど大きい。リヨンは晴れた日が好きだが、リヲンは雨の日をこよなく愛している。性格も微妙に違っていて、リヲンの方が自分よりも幾ばくか繊細で、純粋な人間のように思う。

そういう違いを見つけると、ほっと胸をなで下ろした。どんなにそっくりでも、やはり我々はそれぞれ独立した個性を持った人間なのだ。そのことを実感して、心から安堵《あんど》する。本当は、自分などに似ていない方がいいのだ……。

それに、ここのところリヲンは一人でよく外出する。知らないふりをしているが、誰か村の女性と交際しているらしい。彼がこっそりと、村の外れの葡萄《ぶどう》畑で女性と逢《あ》い引きしているところを目撃したという村人がいるのだ。その村人によると、リヲンの逢い引きの相手は、リリアかルルアのどちらかだという。男の方も、リヨンなのかリヲンなのか見分けがつかなかったようだ。だからこの前、自分一人がアルマに呼び出されて、問い質《ただ》されたのだ。それで、リヲンが女性と交際していることを知ったのである。

別に女性と付き合うことは、悪くないことだと思っている。リリアとルルアの姉妹はとても聡明《そうめい》で、可愛らしい女性だ。相手がどちらかは分からないが、とてもお似合いだと思う。彼女たちも、都会の生活に嫌気が差して、この村に移住してきたという。兄として、出来る限り応援したいと考えている。リヲンに恋人が出来たとしても、自分たち兄弟の固い絆に、ひびが入ることなどあり得ないからだ。

今日初めて、リヲンと喧嘩《けんか》をした。

きっかけは些細《ささい》なことだった。彼が「少し出かけてくる」と言って、なかなか帰って来なかった。夕食の時間になっても戻らず、何かあったのかと思った。それで、心配でたまらなくなったのだ。探しに行こうと家を出ようとしたとき、リヲンが何事もなかったような顔をして、帰宅してきた。

弟の顔を見ると、まずは安堵したのだが、それと同時に怒りがこみ上げてきた。この村に来てから、絶対にそういった感情は抱かないようにしていた。憤《いきどお》りを感じても、心のうちに閉じ込めて、決して表には出さないように努めていたのだ。

しかし、そのときは抑えきれなかった。こんなに遅く帰ってきたのに、謝りもせず、何食わぬ顔をしている弟の姿を見ていると、無性に腹が立ってきた。

「こんな遅くまで、どこに行っていた」

リヲンが戸惑ったような顔をする。いつもと違う兄の様子を察して、窺うように言う。

「もしかして……怒ってるの」

「当たり前だ。どこに行ってた」

リヲンはわずかに視線を逸《そ》らした。

「……別にいいじゃない。どこに行っても。自分の行動を、逐一兄さんに報告しなければいけないの」

「なんだ、その言い種《ぐさ》は」

感情のたがが外れた。咄嗟《とっさ》に彼の胸ぐらを摑《つか》む。リヲンを睨《にら》みつけると、彼も怒りの目でこちらを見ている。睨み合う二人。思わず殴りかかりそうになった。なんとかそれを堪《こら》えた。リヲンの身体《からだ》を突き放す。荒くなっている呼吸を整え、彼に言う。

「女と会っていたのか」

リヲンはこちらを見ずに立ちすくんでいる。少し間を置いて、彼が口を開いた。

「知ってるの……」

その問いかけに、リヨンは答えない。黙ったまま、じっと彼を見ている。

仕方なく、リヲンが言葉を続ける。

「ああ……そうだよ。兄さんに言わなかったのは悪かったけど」

「交際しているのは、リリアなのか、ルルアなのか」

「妹の方……彼女はとても、純粋でいい娘《こ》なんだ。ルルアはとても苦しんでいる。だから、力になってあげたくて……」

呟《つぶや》くような声で、リヲンは言う。さっきまでの反抗的な態度は消えている。リヨンもなんとか感情を抑え込んで、心を落ち着かせた。

「そうか……怒って悪かった」

すると、リヲンが顔を上げる。透き通るように純粋な眼差しでリヨンを見る。

「僕はルルアを心から愛している。守ってあげたいんだ」

「分かった……。教えてくれてありがとう。僕ももちろん彼女のことは大好きだ。二人のことは、心から応援したいと思うよ」

すると彼は嬉しそうに言う。

「ありがとう。兄さん。今度、三人で食事でもしよう。兄さんに、彼女のことをよく知ってもらいたいから」

リヨンは優しく頷《うなず》いた。

でもその表情とは裏腹に、内心は複雑だった。ルルアという娘の存在によって、自分たち兄弟の関係は確実に変容しているのだ。直感的にリヨンはそう思った。

その日は朝から、慌《あわ》ただしかった。

けたたましいサイレンの音がして、何事かと外を見る。すると、数台のパトカーがやってきて、走り去っていった。この村でパトカーを見たのは初めてだ。通りを歩いていた村人たちは騒然としている。リヨンたちも気になって、外に出た。

数人の村人らとともに、パトカーが向かった方角に進んでゆく。少し歩いて行くと、表にパトカーなどの警察車輛《しゃりょう》が止まっている一軒の家が見えてきた。木々に囲まれた白壁の瀟洒《しょうしゃ》な邸宅である。

リリアとルルアの家だ。数人の警察官が慌ただしく、出入りをしている。リヲンは心配でたまらない様子だ。でも規制線が張られており、それ以上近寄ることはできなかった。彼を説得して、一旦《いったん》帰宅することにする。

家に戻るとすぐに、アルマとイルマがやって来た。

「落ち着いて聞いて欲しいの……」

青ざめた顔でアルマは言う。リヨンとリヲンは、息を呑《の》んで次の言葉を待つ。

「ルルアが亡《な》くなったわ」

リヨンが声を上げる。

「ルルアが……どうしてです」

その質問には答えず、アルマは唇を震わせている。代わりにイルマが口を開いた。

「朝起きて、リリアが見つけたの。ベッドの上で死んでいる妹の姿を……。誰かに刺されて、部屋中血まみれだったみたい……」

「一体誰が、そんなこと……」

　呟くようにリヨンが言う。リヲンは呆然《ぼうぜん》としたまま、その場に立ちすくんでいた。両目からは涙が溢れ、こぼれ落ちている。

　彼にどんな言葉をかければいいのか分からない。弟はルルアのことを愛していた。リヲンの気持ちを思うと、可哀想でならなかった。


　窓から吹き込む春風に煽《あお》られ、花びらが舞い散っている。

　部屋中に飾られた献花。喪服に身を包み、彼女の死を悼《いた》む双子の村人たち。憔悴《しょうすい》したリヲンを連れて、リヨンも参列に加わる。

　その日、ルルアの自宅で葬儀が執り行われた。

　色とりどりの花で満ちあふれた棺《ひつぎ》。その中に眠る、冷たくなったうら若き娘。変わり果てた恋人の姿を目にして、リヲンはその場に崩れ落ちた。リヨンはあわてて彼の身体に寄り添う。

　祭壇の前では、姉のリリアがハンカチを手に泣き腫《は》らしていた。自分とそっくり同じ形をした、まるで分身のような存在を失うというのは、どんな気持ちなのだろうか。リヨンにはとても辛《つら》すぎて、想像することすら出来なかった。

葬儀が終わり、自宅へと戻ってくる。

玄関を開けると、リヲンは黙ったまま二階へと向かった。ルルアの死を知らされた日から、彼はずっと自分の部屋に閉じこもっているのだ。力ない足取りで階段を上るリヲンの背中に声をかける。

「なんとか力になりたいと思っている……。辛いかもしれないけど」

彼は足を止める。こちらに背を向けたまま、何かじっと考えている。そして、おもむろに口を開いた。

「僕は知っているよ」

「知っているって……何を？」

「兄さんは嬉しいんでしょ。彼女がいなくなって」

「何を言うんだ」

声を荒らげて言う。すると彼は、咎《とが》めるような目でリヨンを見た。

「隠しても無駄だよ。僕たちは姿形も同じだし、考え方もよく似ているでしょ。だから、兄さんがどう思っているかも手に取るように分かるんだ」

「馬鹿《ばか》なことを言うな。言っただろ。僕は君たちのことを……」

「もういいよ。全部知ってるから……。兄さんは嫉妬《しっと》していたんだろ。僕がルルアに取られるんじゃないかって……」

リヨンは言葉を失う。図星だった。彼の言うことは全《すべ》て的を射ている……。でもその気持ちは、決して悟られてはならない。リヨンは懸命に否定する。

「そんなことはない。僕だって憎んでいるんだ。ルルアを殺した犯人のことを……。絶対に許さない。リヲン、お前のためにも、ルルアのためにも、自分のかけがえのない分身を失ったリリアのためにも、絶対に彼女を殺した犯人を突き止めてみせる」

「本当……？」

「ああ本当だ……だからそんなことを言わないでくれ。お願いだ」

必死に訴えかけるリヨン。だがリヲンは背を向けて階段を上り、自分の部屋に入っていった。


それからリヨンは外に出て、村人たちに聞き込みを始める。

彼らの話では、警察の捜査は滞っており、未《いま》だ犯人の目星はついていないという。分かっているのは、犯人は寝静まっていたルルアの寝室に侵入し、彼女の心臓を刃物で刺して逃走したということぐらいだ。凶器はまだ見つかっていないようだ。

犯行当夜、彼女の家は施錠《せじょう》されていなかったので、誰でも侵入出来る状況だった。

不用心なように思うが、この村ではこれまで犯罪らしい犯罪は起こっていなかったので無理もない。

一体ルルアの家に忍び込み、彼女を刺殺した犯人は誰なのか。弟に宣言したとおり、独自に犯人を捜し始めたリヨン。だが、事態は思いも寄らぬ方向へと進んでいった。

ルルアの死は、恐るべき事件の幕開けに過ぎなかったのだ。なぜならこのあと、村人たちが相次いで不審な死を遂げていったからである。

ルルアの葬儀の翌日、四十代の男性が崖《がけ》から転落して死亡した。

その翌日、七十代の女性の遺体が、森のなかから発見された。首には紐《ひも》で絞められた跡があり、死因は窒息死だった。

二日後、五十代の男性が、畑仕事から帰る途中、何者かに襲撃され命を落とした。

翌日、行方が分からなくなっていた三十代男性が、刺殺体となってごみ置き場から見つかった。

もちろん死亡した村人は、全て双子の一人である。

崖から落ちた四十代男性は双子の兄で、森のなかで見つかった七十代女性は姉、襲撃された五十代男性は弟で、ごみ置き場に遺棄されていた三十代男性は兄だった。

連続して起こる奇怪な死に、村人たちは戦慄《せんりつ》する。ルルアを含めると、わずか数日の間に、五人もの人間が次々に命を落としているのだ。それもみな、何者かに殺害された可能性が高いという。一体誰が、何の目的で、こんな惨《むご》たらしいことを行っているのだろうか。

一体、なぜ双子の片割れだけが殺されてゆくのか……。


小さくドアが開いた。

わずかな隙間から、アルマとイルマが顔を覗《のぞ》かせる。アルマが声を潜めて言う。

「リヨン、どうしたの？」

「突然ごめんなさい。ちょっと訊きたいことがあって」

その日、リヨンはアルマとイルマの家を訪れた。だが以前と違い、ふくよかで愛嬌のある二人の顔からは、一切の快活さが失われている。何かに怯《おび》えるように、ドアの外をきょろきょろと見回していた。無理もない。村では毎日のように、恐ろしい惨劇が続いているのだ。注意深く周囲を見渡すと、イルマが言う。

「いいわよ。さあ、早く入って」

リヨンが玄関に足を踏み入れると、アルマが素早くドアを閉めて、鍵《かぎ》をかけた。

「今日は一人？　リヲンはどうしたの」

「家にいるよ。まだずっと部屋に閉じこもっている」

「そう……彼はまだ立ち直っていないのね……心配だわ」

その後、ダイニングに通され、椅子《いす》に座るように促された。紅茶と茶菓子が出され、アルマとイルマが正面に腰掛ける。目の前に並んだ二つの丸い顔。こうしてみると本当によく似ている。すると、アルマが口を開く。

「それで、訊きたいことって何？」

「うん……実はリヲンのことなんだ。彼はルルアを亡くして本当に傷ついている。僕は弟のためにも、一刻も早く犯人を捕まえたいと思って、独自に調査をしてきた。警察はあまりやる気がないのか、捜査は一向に進展していないようだから」

「確かにそうね」

浮かない顔でイルマが相槌《あいづち》を打つ。

「それで一応……まだ推測の域は出ていないけど、僕なりに犯人の目星がついた」

そう言うと、途端に二人の表情が変わった。身を乗り出して、彼に問いかける。

「目星がついた？」

「誰なの？　犯人は」

「まあ、焦《あせ》らないで……。僕はその推測を裏付けるためにここに来たんだ。協力してくれるかい？」

　すると、アルマが大きく頷いた。

「ええ、もちろんよ」

「何でも協力するわ」

「僕が知りたいのは、この村についてのことなんだ。一連の事件は、双子の片方だけが殺害されている。二人とも殺された双子はいない。一体それはなぜなのか？　もしかしたらその理由は、この村の特殊な状況が関係しているのかもしれないと思った」

　二人の顔が曇り始めた。構わずリヨンは話し続ける。

「だから教えてほしいんだ。この村の秘密を……。おばさんたちは知っているんでしょう。一体なぜ、この村には双子しかいないの？　どうして双子だけが集められたの？」

　その問いかけに、二人は答えない。わずかに目を泳がせると、下を向いてしまった。

「大事なことだから、話してくれないかな。このままだと、どんどん村人たちが死んでゆくよ。おばさんたちの命だって保証できない」

　二人ははっとした顔で、リヨンを見る。そして互いに顔を見合わせると、イルマが口を開いた。

「分かったわ……。状況が状況だけに……仕方ないわよね。姉さん」

するとアルマも、自分に言い聞かせるように言う。

「いいわ。話しましょう。それで犯人の正体が分かるのなら」

「ありがとう」

神妙な顔をしたまま、アルマが語り始めた。

「あなたも知っているように、私たちが生まれるずっと前から、この社会は荒廃しているでしょう。都会では人々が憎しみ合い、悲惨な事件が相次いでいる。殺人鬼たちが跋扈《ばっこ》し、理由もなく人々が殺されてゆく……」

リヨンは口を閉ざしたまま、アルマの話に耳を傾けている。

「どうして、こんな世の中になってしまったのか。社会の発展や科学技術の進歩に逆行するかのように、人間の心はどんどん荒んでゆく。一体それはなぜなのか。その理由を解明することが、人類に与えられた課題だった……。人間の精神性の正体は何なのか。研究者たちは私たち人間の本質を調べることで、人類を進化させ、この荒廃した社会を救おうとしたわけ。それで、この双子だけの村が作られることになったの」

「どうして、双子だけの村を作ることが、人間の精神性を調べることになるの？」

今度はイルマが話し出した。

「双子を研究することで、遺伝と環境が人間にどう影響しているのかが分かるのよ。私たち一卵性双生児のDNAは全て一致しているわ。だから、双子たちのそれぞれの成長を観察すれば、生まれと育ちの、どちらが人格形成にどんな作用を及ぼしているかが判明し、人間の精神性を解き明かす重要な手がかりになるというわけ。このような研究の歴史は古く、十九世紀の終わりごろに始まり、二十世紀になると、ナチスも双子を集めて、実験を繰り返していたと言うわ。アメリカでも一九六一年に、生まれたばかりの一卵性の三つ子をそれぞれ別々の家庭に預け、遺伝子か環境か、どちらがその人格に優位に作用しているかを調べる社会実験が行われていたのよ」

「じゃあ、この村も……」

するとまた、アルマが口を開いた。

「そう……。このままでは私たちの社会が滅びてしまうでしょ。だから、この双子だけの村が作られたの。生まれたばかりの一卵性双生児を別々の家庭に預け、時期が来たら村に集めるの。そして、その双子たちにはどんな違いがあるのか、それとも違いはないのか。つぶさに観察して、人間性の解明に役立てようというわけなのよ」

「やっぱりそうだったんだ……僕らは実験台ということなんだね」

話を聞いていて、胸くそが悪くなってきた。イルマが、平然とした顔で言う。

「そうよ。でも有意義な実験だわ。この研究によって、人類が助かるかもしれないでしょう」

何が有意義な実験なものか。自分たちは体《てい》のいいモルモットだったというわけだ。人間性を解明するためだというが、こんな研究の方が、よっぽど人間性を欠いているではないか。目の前の二人のおばさんを即座にぶち殺してやりたい衝動にかられたが、なんとかそれを堪える。

アルマが身を乗り出して言う。

「私たちは質問に答えたわよ。さあ、教えて頂戴《ちょうだい》。犯人の目星がついたんでしょ。一体誰が、次々と村人を殺しているというの」

リヨンは戸惑った。この二人には、自分の考えを正直に話す必要はないのかもしれない。でも、少し考えて思い直した。

「ありがとう。おばさんたちの話を聞いて、僕は自分の推測に確信を持つことが出来たよ。やはり事件の元凶はすべて、この村の狂った実験の結果だったんだね」

二人は口をそろえて言う。

「どういうこと？」

「双子は殺し合う……そういうことだ」

アルマたちに、自分の推理を全て明かして家を出た。

まだ日が高いというのに、外は誰も歩いていなかった。にぎやかだった双子の村は、今はひっそりとしている。みんな事件に怯えて、家に閉じこもっているのだ。次は自分が殺されるかもしれないと、部屋の中で震えているのだろう。そんなことをしても、無駄だとは知らずに……。本当に愚かなモルモットたちだ。

一体なぜ、双子の片割れだけが殺されていくのか？

リヨンの推理を聞いて、アルマとイルマの顔は凍り付いていた。彼自身も、自らが導き出したその恐ろしい推測を決して信じたくはなかった。だが、先ほどのアルマたちの話を聞くと、それを肯定せざるを得ないという結論に至ったのだ。

最初に疑念を抱いたのは、リヲンから聞いたルルアの話だった。彼はルルアが殺される前に、こう言っていた。

――ルルアはとても苦しんでいる。だから、力になってあげたくて――

一体彼女は、何に苦しんでいたのだろうか。ルルアの死後、彼女の苦悩についてリヲンに訊いてみたが、彼は心を閉ざしていて話してはくれない。そこで、村人たちに聞き込みを重ね、ある一つの事実を知ることが出来た。

彼女と姉であるリリアの関係は、決して良好なものではなかったようだ。ある意味、憎しみ合っていたと言っても過言ではないというのだ。普段は仲睦《むつ》まじい様子なのだが、実はそれは表向きで、お互い一人になると相手を批難するような言動が絶えなかった。激しく言い争いをしているところを目撃されたのも、一度や二度ではなかった。

ルルアの「苦しみ」とは、姉のことだったに違いない。生き別れの双子として、この村で再会した二人。自分とそっくりの容姿を持つ、ある意味分身のような存在である。だから、普通の姉妹以上にシンパシーを感じたはずなのだ。だが共に生活していくうちに、次第に齟齬《そご》が生じてしまったのだろう。自分と同じ声。自分と同じ癖。自分と同じ欠点。否《いや》が応《おう》でも、自分という存在を客観的に知らされ、やがてそれが嫌悪《けんお》感に変化する。ある意味、究極の近親憎悪というわけだ。感情がすれ違い、相手に対する負の感情が塵《ちり》のように積もってゆく。互いに憎悪を募らせ、それが殺意に変わってゆく。二人も同じ人間は、いらないとばかりに……。

そして聞き込みの結果、ほかの殺された犠牲者たちも、ルルアたちとよく似た状況であることが分かった。村人らの話では、彼らも皆一様に、それぞれの双子の相方と強く憎しみ合っていたという。

そこから彼は「双子同士が殺し合っているのではないか」という推論にたどり着いたのだ。ルルアを殺害したのは姉のリリアであり、それ以外の殺人も、犯人は生き残った方の双子のきょうだいなのである。ルルアの死をきっかけに、閉鎖されたコミュニティのなかで蓄積されていた、相手に対する負の感情が、ウイルスのように伝播《でんぱ》していったのであろう。この連鎖はもう、止まらないのかもしれない。

いずれにせよ一連の事件は、人間性を度外視した、狂った実験に端を発していることは間違いなかった。彼らの無残な死は、モルモット同然で育てられ、この村に集められた、哀れな双子たちの末路にほかならない。

退廃の一途を辿っているこの世界。人々は憎しみ合い、犯罪や戦争は一向になくならない。その現状を打破しようと、こうして双子が集められたのだが、同じDNAを持つものたちでも、結局は啀《いが》み合い、近親憎悪が極まって、恐ろしい事件を起こしてしまった。人間という種はもう末期的なのではないかと思う。

殺し合う双子たち――

だがその一方で、リヨンは自らが導き出したその推測を信じたくないという思いもあった。

なぜなら、リヲンは彼にとって、おそらくたった一人のかけがえのない分身だからだ。彼と殺し合うなんて、想像もしたくない。リヨンは弟のことをこよなく愛していた。これまでの絶望だらけの人生において、やっと出会えた血を分けた兄弟なのだ。そしてリヲンもきっと、そう思ってくれているに違いない。

でもルルアたちのような話を聞くと、双子同士が憎しみ合うという感情を理解できないというわけでもない。リヲンとは心で通じ合っていると思ってはいるが、その反面、近頃は感情がすれ違うことも多い。ルルアが死んでからは、彼は部屋に閉じこもり、まともに会話すらしていない。このような状態だと、自分は絶対に彼に憎しみを抱かないとは言い切れない。リヲンに対する愛情がある日憎悪に転じて、彼を無残にも殺してしまうかもしれない……。

いや、絶対にそんなことはない。自分は今、なんと恐ろしいことを考えていたのだろうか。たった今、身体中を支配しそうになった凶暴な妄想を、あわてて心の奥底に押し込んだ……。だが、自分はなんとかそういった感情をコントロールできたとしても、リヲンは違うのかもしれない。彼が自分そっくりの兄に対して、殺意を抱くほどの感情を持っていないとは言い切れない。

一体、これから二人の関係はどうなるのだろうか。自分もルルアのように殺されるのか。それとも、リリアのように殺すのか。

言い知れぬ不安を抱えたまま、リヨンは自宅へと向かった。

「リヲン……出てきてほしい。話したいことがある」

家に戻るとすぐ、二階へと上がった。弟の部屋の前に立ち、閉めきられたドアに向かって声をかける。

「お願いだ。出てきてくれ」

反応はない。リヨンは言葉を続ける。

「犯人が分かったんだ……。ルルアを殺したのが誰なのか。だから、話を聞いてほしい……」

やはり返事はなかった。

あきらめてリヨンは立ち去ろうとする。すると、中から物音がした。振り返ると、
静かにドアが開いた……。

リヲンが顔を出した。だがその顔は痩《や》せこけ、憔悴しきっている。

「リヲン……」

思わず彼に駆け寄った。

「ありがとう。出てきてくれて」

だが彼はこちらに一瞥《いちべつ》もくれない。無言のまま、ドアロで立ちすくんでいる。

リヨンはその場で、事件に関する自らの推理を明かした。ルルアはなぜ殺されたのか。この村に双子だけが集められた理由。狂った実験の結果、双子同士が殺し合っているということ……。

彼は黙ったまま、話に耳を傾けている。

「でも、僕たちは違うよね。やっと出会えたんだ。リヲンは、僕のかけがえのない分身なんだから……。殺し合うなんて、まさか、そんなこと……」

必死に訴えかけるリヨン。だが彼の反応は、意外なものだった。あざ笑うように唇を歪《ゆが》めると、リヲンはこう言った。

「間違っているよ。兄さんは間違っている……」

「どういうことだ……リヲン？」

すると、リヲンがゆっくりと歩き出す。

部屋から出てきて、こっちに向かってくる。

リヨンは後退《あとずさ》った。その上目遣いの眼差しには、言い知れぬほどの狂気が宿っていたからだ。

一歩、一歩、リヲンが追い詰めてくる。

自らと同じ姿形をした男——

このまま自分は殺されるのだろうか。

それとも殺すのか……。

リヨンは固唾《かたず》を呑んで、迫り来る彼の姿を見ていた。

※

闇に閉ざされた森。

静寂のなか、荒々しい呼吸音だけが聞こえている。

どれだけ走ったのだろうか。息が苦しくなってきた。耐えきれず、その場で立ち止まる。呼吸を整えると、じっと手を見た。両手は血にまみれている。両手だけではない、リヨンの顔や衣服は一様に、真っ赤な鮮血を浴びていた。

彼の目は血走り、焦点は定まっていない。リヨンはたった今、悪魔の所業とも言える行為を終えたばかりなのだ。胸の鼓動は一向に収まる気配がない。感情の昂《たか》ぶりは、最高潮に達したままである。

すると……。

背後に気配を感じた。

土を踏みしめる音。誰かが近づいてくるのだ。息を殺して身構える。

暗がりから男が現れた。ゆっくりとこっちにやってくる。

固唾を呑むリヨン。

目の前で立ち止まると、男は口を開いた。

「兄さん……」

やって来たのはリヲンである。だが彼もリヨンのように、全身が血に染まっていた。

弟の姿を確かめると、リヨンは安堵したかのような表情を浮かべる。そしてこう言った。

「上手くいったか……リヲン」

彼は無言のまま、小さく頷いた。

リヨンの脳裏に、先刻の光景が蘇《よみがえ》る——

一歩、一歩、こっちに向かってくるリヲン。

殺すのか……。殺されるのか……。固唾を呑んで、迫り来る弟の姿を見ていた。狂気を宿したリヲンの目。そしてリヨンは追い詰められる。

だがその後、想像もしていないようなことが起こったのだ。

突然、目の前でがっくりと肩を落とし、床に跪《ひざまず》くリヲン。そして彼の両目から、堰《せき》を切ったかのように涙が溢れ出したのである。

「リヲン……どうした？」

涙まじりの声でリヲンが言う。

「兄さんは間違っているんだ……」

「間違っている……何が？」

「ルルアを殺したのはリリアじゃないよ……」

「リリアじゃない？　じゃあ一体誰が」

「僕だよ。僕がルルアを殺したんだ」

その言葉を聞いて、思わず目眩《めまい》がしそうになった。

「リヲンが……だってお前は、あんなにルルアのことを……」

「彼女は苦しんでいた。この村で自分そっくりのリリアと出会って、暮らすようになって……それから、ずっと苦悩していたと言うんだ。姉と啀み合い、その葛藤《かっとう》の果てに、自分という人間の存在意義が分からなくなり……もう生きていることが辛いと言った。だから、早く楽にしてあげたかった……。それで、夜中に彼女の部屋に忍び込んで、ナイフで刺した……」

リヨンは言葉を失った。ルルアを殺したのは、リヲンだというのだ。だが、驚くのはそれだけではなかった。

「ルルアだけじゃない。ほかの村人たちも、みんな僕が殺した……」

我が耳を疑った。振り絞るような声で、リヨンは問いかける。

「どうして……」

「一人殺したら……抑えきれなくなった。この村で、憎しみ合い、苦しみながら生きている双子たちの姿を見ていると、途端に哀れに思えてきた……。だから、兄さんに知られないように、ここからこっそり抜け出して……」

「抑えきれなくなったって……どういうことだ」

すると、唇を震わせてリヲンが言う。

「兄さんには言ってなかったけど、この村に来る前に、僕は何人も人を殺してきたんだ。何人も、何十人も……数え切れないくらい……。人を殺したくて、殺したくて、たまらないんだ……。ここに来て、兄さんと暮らすようになって、なんとかその衝動を抑えようとしてきたけど……やっぱり無理だった……」

リヨンは愕然《がくぜん》とする。身体の内側から、激しい感情の塊のようなものが突き上げてきた。涙がぼろぼろとこぼれ落ちる。彼もその場に跪くと、リヲンを抱きしめた。

兄の胸の中に顔を埋《うず》めると、リヲンは言う。

「ごめんよ。ごめんよ……兄さん」

「謝らなくていいよ……リヲン。同じだから、僕も……」

そう言うと、リヲンは思わず顔を上げる。

「え……どういうこと」

けたたましく、鳥が囀《さえず》り始めた。

さっきまで真っ暗だった空が、いつの間にか白んできている。もう夜明けは近い。

リヲンと二人、森のなかを駆ける。

彼の告白を耳にしたときは、身体中に電流が走るほどの衝撃だった。これまで、もう何人も人を殺してきたというリヲン。そして彼はこの村に来て、その衝動を必死に抑えてきたという。

それはリヨンも同じだった。彼もここに来るまで、人を殺し続けてきた。荒れ果てた都会で、何人も、何十人も……。そして、この村でリヲンと暮らし始めて、心の奥底に潜む殺人衝動を、なんとか抑え込んでいたのだ。

恐るべきシンクロニシティに打ち震える――

そっくり同じ顔をしたリヨンとリヲン。外見だけではなく、趣味や嗜好《しこう》も奇妙なほど合致していた。ペットや初めて交際した女性の名前、考え方や歩んできた人生までも……。でも、まさか殺人を繰り返していたことまで、そっくり同じだとは考えたことすらなかった。

だから、その事実を知ったときは、限りなくリヲンのことが愛《いと》おしくなったのだ。本当の意味で、彼と一つになったと感じた。それと同時に、リヲンをこんなにも苦しめているこの世界を激しく憎悪した。自分たちをモルモットのようにした、目に見えない不特定多数の人間たちも……。

みんな滅びてしまえばいいと思った。強烈な怒りがこみ上げてくる。心の奥に封じ込めた、殺人の衝動が解き放たれる。

村人たちを皆殺しにするのは容易《たやす》いことだった。

弟と二人で殺戮《さつりく》を繰り返した。アルマもイルマも、リリアも……生き残っていた村人たちは全部……一人残らず……。

だが、それはただの憎しみだけではなかった。この忌《い》まわしい世界から、悩み苦しむものたちを解放してあげたいという慈愛の念でもあった。そう……滅びこそが救いなのだ。

空はすっかり明るくなっている。神々《こうごう》しいほどの陽光が、血にまみれた二人の姿を照らしていた。まるで破滅の王の如《ごと》く……。

リヨンは思った。自分たちが手を組めば、素晴らしいことになる。この愚かな世界に暮らす人間たちを一人残らず、来世へと送ることが出来るかもしれないのだ。

すると、リヲンが立ち止まって言う。

「兄さん、朝焼けだよ」

「ああ……」

そして、リヨンは力強く頷いた。

カガヤワタルの恋人

「こうして話すの、何年ぶりだろうか」

照れくさそうな顔をして、芹沢《せりざわ》が言う。

対面にいる加賀谷《かがや》も、懐《なつ》かしさに顔を綻《ほころ》ばせている。

「確か高校のとき以来だよな」

「そうかな……あ、大学のとき一度会わなかったっけ」

「そうだっけ。ああ、そうだ……。会ったな。道端でばったり。どこだっけ……えーと」

考える二人。すると同時に人差し指をさして、

「下北沢」

声を揃《そろ》えてそう言うと、笑い合った。

芹沢は、きりっとしたダークブルーのスーツに身を固めている。対照的に加賀谷は、

ラフな白地のトレーナー姿だ。加賀谷が笑みを浮かべたまま言う。

「あの日は飲んだな。安い居酒屋に入って」

「ああ、飲んだ飲んだ。あ、そうだ。酔っ払って、くだ巻いたの覚えているか」

「え、俺が？」

「そう。ずっとぶつぶつ言ってたよ。お前の言葉遣いがひどいって。直した方がいいって」

芹沢がそう言うと、加賀谷が答える。

「そんなこと言ったっけ？」

「覚えてないのか」

「ああ、全く覚えてない。でも確かにお前は、高校のときから言葉遣いが最悪だったからな。勉強もできて、外見も悪くないのに、そんなんじゃ絶対にモテないぞって」

「うるせーな。バカやろ。大きなお世話だ」

「ほら今も変わっていない」

二人はまた笑い合った。頰を緩《ゆる》ませたまま芹沢が言う。

「それにしても、久しぶりに会えて良かったよ」

「ああ、俺もだ。お前の顔を見ることが嬉《うれ》しいよ」

照れくさそうな顔をして、芹沢が答える。

「ほんとか。本当にそう思ってるのか」

「ああ、本当だよ。あのころは楽しかったな。お前とつるんでよく遊んだ」

「ああ、遊んだな」

「できることなら、あのころに戻りたいよ……」

そう言うと、加賀谷は口を閉ざした。

黙り込む二人。窺《うかが》うように芹沢が訊《き》く。

「それで……何があった？」

視線を落としたまま、彼は答えない。

「よかったら聞かせてくれないか。友達として力になりたいんだ」

すると加賀谷は顔を上げる。

そして、力なき声で語り出した。

加賀谷亘《わたる》はある女性と交際していた。

市川《いちかわ》里緒《りお》という名の女性である。加賀谷とは、彼が勤める広告会社の近くにある、行きつけのバーで知り合った。フリーランスのＷＥＢデザイナーであるという里緒。

出会って一年ほどは、軽く話を交わす程度だったが、やがて二人で食事するようになった。歳《とし》も同じで、音楽や映画などの趣味が共通していたからだ。

彼女は一見大人しそうな雰囲気の女性である。普段から口数も、さほど多いというわけではない。だが好きなものの話となるととても情熱的になる。円《つぶ》らな瞳《ひとみ》を輝かせて、熱心に話す彼女の姿はとても愛らしいと思う。背はさほど高い方ではないが、いつも背筋を伸ばしていて、その佇《たたず》まいは凜《りん》としている。見た目とは裏腹に、実は勝気なところもあるのも、とても魅力的だと思う。

交際を持ちかけてきたのは里緒の方からである。だが最初、加賀谷は付き合うつもりはなかった。彼女のことが好きではないというわけではない。里緒に女性としての魅力を感じているのは、前述の通りだ。別にほかに付き合っている女性がいるわけでもなかった。

ある日、加賀谷はその理由を彼女に告げる。

「もちろん俺にとって、里緒は大切な存在であることは間違いない。でもどうしても、君と友達以上の関係になることはできない」

「どうして」

憂《うれ》いを帯びた眼差しで、里緒は彼を見つめる。

その夜、二人は公園にいた。

食事をして酒を飲んだ帰り道。酔い覚ましにと、誰もいない公園のベンチに座り彼女と話していた。話題は尽きなかった。時間を忘れて話し込む二人。それで、ふと会話が途切れたときに、里緒が白い手を重ねてきたのだ。熱のこもった肌の感触。潤《うる》んだ女の目でこっちを見ている。

加賀谷の心は二つの相反する感情の間で拮抗《きっこう》する。彼女の気持ちに応《こた》えたい。でも、どうしても自分はそれを受け入れるわけにはいかなかった。だから、あんなことを言ったのだ。

里緒の手が離れた。気まずい時間が過ぎていく。彼女は視線を外し、答えを待っている。

加賀谷が重い口を開く。

「俺と付き合うと、不幸になるから」

「どうしてそんなこと分かるの」

「分かるんだ。もしかしたら……」

「もしかしたら？」

「里緒が……殺されるかもしれないから」

「殺されるって……なんで」

「言ってなかったけど……」

躊躇《ためら》うように言うと、彼は語り始めた。

「大学のころ、俺には恋人がいた。同じゼミを受けていた、臼井由布子《うすいゆうこ》という女性だ。俺たちは気が合って、やがて付き合うようになった。俺は由布子を心から愛していた。彼女も、俺を愛してくれた。そのとき、俺の世界の中心は由布子だった。大学を出たら、プロポーズしようと思っていた。彼女と生涯を添い遂げるつもりだった」

一点を見つめたまま語る加賀谷。里緒は黙って、彼の話に耳を傾けている。

「でも、交際を始めて半年ほどしたある日、こんなことを言われたんだ。『正直に言ってほしい。ほかに付き合っている人がいるんでしょ』って。もちろんそんなわけはなかった。彼女以外に交際している女性なんかいるはずなどない。神に誓ってもよかった。でも由布子は、俺にはほかに恋人がいるんじゃないかと言うんだ。それも自分は遊びで、そのもう一人の恋人が本命なんじゃないかって」

加賀谷が言葉を切ると、里緒が口を開いた。

「一体どういうこと？」

「俺にも分からなかった。なんでそんなことを言うのか。それで訊いてみると、由布子は自分のスマホを差し出した。見ると、ＳＮＳで届いたメッセージが表示されている。知らないアカウントからだと彼女はいう。そこには『私は加賀谷亘の恋人です。もうこれ以上、亘に近寄らないでください。私はあなたよりずっと前から彼と交際しています。あなたはただの浮気相手。私が加賀谷亘の本当の恋人なんです。私から彼を奪わないで』みたいなことが書いてあった。由布子はそれを見て、不安になって、俺にそんなことを言ってきたんだ」

「誰がそんなメッセージを」

「さあ、分からない。でも、本当にほかに付き合っている女性なんかいなかった。そのメッセージは事実無根だったんだ。そのときは必死に説明して、なんとか理解してもらえた。でもそれで終わりじゃなかった。それからも、変なメッセージは次々と送られてきた。自分は『加賀谷亘の恋人』であると主張を繰り返し、由布子を『浮気相手』として非難するんだ。時には『警告』として『これ以上亘に近づくと、どうなるか分からない』みたいな、物騒なのもあった。ブロックしても無駄だった。相手は違うアカウントを作り、嫌がらせを続けるんだ。こちらのアカウントを変えても、どこで調べたのか、また送られてきて」

里緒が息を呑んだ。

「本当に心当たりはなかったの」

「ああ……。でも実は俺にも、少し前からスマホに変なメッセージが届いていた。『昨日は楽しかったね』とか『今度のデート楽しみにしている』とか、まるで俺と付き合っているみたいなことが書いてあって……。よくあるいたずらだろうと思って放っておいたけど、まさか、由布子にも送ってくるなんて」

思い詰めたような顔で、加賀谷は言う。

「それで、ちょっと彼女はノイローゼみたいになってしまったんだ。もう俺とは付き合えないかもしれないって。でも、そんなことで別れるのは絶対にいやだった。だからある日、俺は由布子のスマホを借りて、相手に返信することにした。『ふざけんな。お前は誰だ。俺の彼女面《づら》するのはやめろ。二度とこんなメッセージ送ってくんじゃねえ』って、怒りにまかせてメッセージを送り返した」

俯《うつむ》いたまま話し続ける加賀谷。里緒は黙って、彼を見つめている。

「そしたら、その日からもうメッセージは来なくなった。由布子のスマホにも、俺のスマホにも……。俺の怒りが相手に伝わったに違いない。これでようやく終わったと思った」

切々と彼は語り続ける。

「でもそれは大きな間違いだった。半年ほどしたある日のことだ。由布子が言うんだ。誰かにつけられているみたいだって。視線を感じて振り返ると、いつも同じ女が後ろを歩いている。長い黒髪の背の高い女だと。アパートの周辺でも、その女がうろついているところを何度も見たそうだ。またメッセージも届くようになった。書かれていたのはまた『亘と付き合うな』『私がカガヤワタルの恋人』『本当のカノジョは私』『自分がしていることを分かっているのか』『人間として最低』みたいな言葉だ。由布子は深く傷ついた。精神的に追い込まれ、心療内科に通うまでになった。一体その女は誰で、なぜそんなことをするのかは皆目分からなかった。でも、彼女が俺と由布子の仲を引き裂こうとしているのならば、それは逆効果だった。なぜなら、そのいかれた女の出現で、俺と由布子の関係はより一層深まったと感じていたからだ。少なくとも、俺はそう思っていた……」

里緒は真剣な顔で、彼の話を聞いている。

「自分にとって、由布子がどんなに大切な存在であるか、改めて思い知らされたんだ。俺は由布子と一緒に暮らすことにした。なるべく傍にいて、彼女を守ろうと思ったからだ。でも不思議なことに、二人でいるときには、その女は姿を現さなかった。アパートの周辺でも、目撃することはなくなった。それで一先《ひとま》ず安心した矢先に……由布子が死んだんだ」

　加賀谷が口を閉ざした。沈痛な面持ちで、里緒が言う。

「どうして亡《な》くなったの……」

「ビルの屋上から転落死した。大学の近くにある商業施設のビルだ。即死だった。警察は自殺だと断定した。もちろん俺は納得しなかったよ。由布子が自殺なんかするわけはない。きっとその女に殺されたんだ。ビルの屋上に呼び出されて、突き落とされたに違いない。でも警察は、俺の主張をまともに取り合ってくれなかった」

「スマホのメッセージは見せたの」

「ああ、もちろん見せた。でもメッセージはよくあるいたずらではないかと、重要視しなかった。由布子の死は、事件性はなく、自殺であると処理された。心療内科の通院歴があったので、そのことも自殺説を裏付ける大きな根拠になったようだ」

「じゃあ、その女の正体は……」

「結局誰か分からなかった」

「今も、分かってないの」

「ああ……」

「心当たりとかは？　前に付き合っていた人とか。亘を忘れられなくて逆恨みしている人がいるとか」

「それはないと思う。俺にとって、由布子は初めての恋人と言える女性だったから。高校生のころに女友達は何人かいたけど、恋愛関係に発展したことはなかった」

「そうか……」

里緒は黙り込んだ。

静寂に包まれた夜の公園。加賀谷が口を開く。

「それからしばらくして、また俺のスマホにメッセージが届くようになった。『この前行ったイタリアン美味《おい》しかったね』とか『亘といると本当に楽しい』『今度いつ会える？』とか、またそんなことばかりが書いてあって。『お前のことなんか知らない』『いい加減にしろ』『由布子を殺したのはお前だろ』と何度も返信したが、それも全部無視されて……返ってくるのは、俺への愛情を滔々《とうとう》と綴《つづ》ったメールばかり」

「気味が悪いね」

「もちろん、その女と会ったり、デートした記憶なんかない。全部妄想なんだ。妄想で、自分は俺の彼女だと思い込んでいるようなんだ」

「その女は誰なのか、本当に手がかりはないの」

「ああ……。俺には絶対に直接接触して来ない。メッセージを送ってくるだけだ」

「今でもメッセージは来るの？」

「ここ一年は途絶えている。でも終わったと思えない。彼女に監視されているような気がしてならない。女からのメッセージには、その日の俺の行動や行き先が書かれていることもあった。だから、里緒とこうして二人でいても、どこかでその女から見られているような気がしてならないんだ」

加賀谷が大きくため息をついた。里緒が言う。

「そうか……。そんな理由があったんだ。ありがとう、全部話してくれて」

「さっきも言った通り、里緒が俺に好意を抱いてくれているのはとてもうれしい。でも、由布子のことがあったから、前に踏み出せないんだ。もしまたあんなことがあったら……そう思うと、怖いんだ。怖くてたまらない」

振り絞るような声で、彼は語り続ける。

「俺は由布子を守ってやることができなかった。もしその女の警告通り、由布子と別れていたら、彼女は命まで失うことはなかったかもしれない……。もう二度とあんな思いをするのはいやなんだ……だから」

加賀谷は黙り込んだ。うつむいたまま頭を抱えている。

再び里緒が彼の手を取った。はっとして彼女の顔を見る。

「そんなに苦しまないで……」

里緒の目は涙でにじんでいる。

「加賀谷君を助けてあげたい……。もちろん、私が由布子さんの変わりになれるとは思っていない。でも……」

濡《ぬ》れた目で彼を見つめる。彼女の視線が愛《いと》おしい。だが彼は、それを振り切るように頭を振って言う。

「駄目だよ。俺と付き合えば、きっと里緒は不幸になる。あの女に殺されるかもしれない」

「私は大丈夫だよ……。由布子さんみたいにはならない。だから……」

里緒はじっと加賀谷を見る。その涙に潤んだ瞳の奥には、強い意志が感じられた。

加賀谷は葛藤《かっとう》する。

里緒が静かに目を閉じた。ゆっくりと身体《からだ》を寄せてくる。

戸惑いながらも、加賀谷は彼女の背中に手を回した……。

「なるほど、それで市川里緒という女性と交際することになったというわけだな」

加賀谷が無言のまま頷《うなず》いた。

憮然《ぶぜん》としたままの顔で芹沢が言葉を続ける。

「それにしてもよー分からん」

「なにが？」

「どうして、そんなに女にモテるんだ？　別にイケメンというわけでもないし、スポーツができるわけでも頭がいいわけでもない。背も高くないし、これといった取り柄もない。どうってことない男なのに」

「うるさいな。それってただ単に俺をディスってるだけじゃないのか」

芹沢が笑いながら言う。

「ああ、悪い悪い。でも同じ高校だけじゃなく、他校にも加賀谷のことがいいって言っていた女子がいたというからな。まあ、そういう頼りない感じが、女を惹《ひ》きつけるのかもしれない。『守ってあげたい……』みたいな。容姿も頭脳も完璧《かんぺき》な隙《すき》のない人間には、意外と異性はあまり近寄ってこないものだ。この私のように」

舞台役者のように前髪をかき上げると、芹沢がキメ顔をする。その仕草に、加賀谷が失笑して、

「確かにそうだな」

「うるせーな。そこは否定するところだろ」

「事実だから仕方ない」

芹沢がばつの悪い顔を浮かべて言う。

「まあいいや。それで、そのあとどうなった？」

「ああ……」

加賀谷の顔から笑みが消えた。

「里緒と付き合い始めて、しばらくは何もなかった。でも……どこで調べたのか、また彼女のスマホにもその女からメッセージが来るようになって……俺のスマホにも」

「どんなメッセージだった？」

険しい表情を浮かべたまま彼は答える。

「由布子のときと同じだった。俺に近づくなとか。本当の恋人は私だとか。警告に従わないとどうなるか分からないとか。でも由布子と違って、里緒は怖がっていなかった。別に気にすることはない。こんなメッセージ、全部無視すればいいって」

「なるほど。それは心強いな」

「ああ……里緒は強い女性だから。それで、ある日こんなことを言ったんだ」

「昨日、彼女に会ってきたから」

カクテルグラス片手に里緒がそう告げる。

行きつけのバーのカウンターで飲んでいる二人。思わず加賀谷が訊く。

「彼女って誰？」

「あの女だよ。あなたの彼女だと思い込んでメッセージを送ってくる女」

平然とした顔で里緒は言う。

「会ってきたって……どうして」

「いつまでもこのままじゃいけないと思って。亘のためにも、私のためにも。だから思い切って、彼女にメッセージを送ったの。『一度会って話しませんか』って」

「なんでそんなことを……」

「もう放っておけないと思ったの。今後の二人のためにも……。誰が亘の本当の彼女なのか、はっきりさせておいた方がいいでしょ」

きっぱりとした声でそう言うと、里緒は言葉を続ける。

「別に返事なんか来なくてもいいと思っていた。ダメもとで送ってみたの。そしたら、意外にも返信が来て。『いいですよ』『一度お話ししましょう』って。それで、会うことになって」

「どうして言ってくれなかった」

「言うと止めるでしょ。絶対に行くなって。由布子さんのこともあったし……。でも解決しなければいけなかった。私自身の問題として……。心配かけて悪いと思ったけど。この通り、私は大丈夫だから」

彼女は小さく微笑《ほほえ》んだ。加賀谷はため息をついて言う。

「そうか……それで、どうだった」

「表参道のカフェで会ってきたの。さすがの私も、人目に付かないところで二人きりで会うのは怖いと思ったから……。待っているときは、もしかしたら来ないかもしれないと思っていたけど、約束の時間通りにちゃんと彼女は来たわ」

カクテルグラスを傾けながら、里緒が話を続ける。

「噂《うわさ》通りの背の高い女性だった。百七十以上はあったんじゃないかな。髪が長く、色白で古風な顔立ちの大人しい感じの人だった。とてもあんな怖いメッセージを送ってくるような人に思えなかったから、少し拍子抜けしたわ。それでスマホを見せて彼女に言ったの。私も亘も迷惑しているって。だからもうこんなメッセージ送って来ないでって。もしまだするなら、こちらも出るところに出るからって」

「それで……」

「反抗するんじゃないかと思って身構えたの。亘の本当の彼女は私だって、メッセージに書いてあるようなことを言い出すんじゃないかと思って……。でも、彼女はしくしくと泣き始めたの。俯いて黙ったまま、ずっと……。なんでこんなことをするのって訊いても、蚊の鳴くような声で、ごめんなさい、ごめんなさいって繰り返すばかりで……」

「じゃあ、自分が『俺の恋人』なのは妄想だということを自覚しているんだな」

「そうみたい。それで話を聞くと、ずっと前から亘に憧《あこが》れていたと言うの。でも、告白して断られるのが怖くて、あなたの恋人であることを妄想して、心の均衡を保っていたんだって。だから本当に亘に恋人ができると、妄想と現実が錯綜《さくそう》してわけが分からなくなって、あんなことをするようになったって……。由布子さんのことも言っていたわ。もし、自分が送ったSNSのメッセージが、彼女の自殺の原因だったら、取り返しのつかないことをしてしまったって……。そのあとは自分も思い悩んで、何度も死を考えた。でも死にきれなかったって」

「じゃあ由布子の死は、その女が直接手を下したわけじゃないっていうのか」

「ええ、彼女はそう言ったわ。私も嘘《うそ》を話しているようには思えなかった」

「そんなはずはない……由布子が自ら死を選ぶはずはない」

「そう思いたい気持ちは分かる。でもしくしく泣いている姿を見て、私は直感的に思ったの。彼女は人を殺せるような人間じゃないって」

加賀谷は黙り込んだ。里緒は言葉を続ける。

「それと……こんなことを訊いてきたわ。亘のことを本当に愛しているのかと……。私の目をじっと見て」

そこで言葉を切ると、手にしていたグラスの一点を見つめる。そして、こう言った。

「私はもちろん……そうだって答えた。彼のことを愛している。何があっても亘は私の大切な人。私ははっきりとそう告げたの」

「そうか……」

「そうしたら、約束してくれたわ。もう亘のことはきっぱりと忘れるって。私と会って、やっと決心が付いた。もうメッセージも送らないし、付きまとったりもしないって。きっと、私の亘に対する気持ちが伝わったんだと思う」

すると里緒は、グラスの中のマティーニを一気に飲み干した。

「だから、もう彼女のことはおしまい。安心して。これからは私たち二人のことについて考えよう」

「ああ、そうだな……。それで、その女は一体誰だったんだ。俺にずっと憧れていたというけど。名前とかは聞いたの？」

「ええ、もちろんよ。彼女は乾《いぬい》まどかっていう名前だった。覚えてる」

「乾まどか……」

「あなたと同じ高校に通っていたと言っていたわ。同じクラスにいたって」

「じゃあ付きまとっていた女の正体が、乾だったというんだな」

そう言うと芹沢が考え込んだ。加賀谷が訊く。

「覚えているか。乾のこと」

「もちろん、覚えている。彼女は男嫌いで、いつも女子とばかりつるんでいたからな。

加賀谷に気があったなんて初耳だよ」

「俺も意外だった。ほとんど話したことなかったからな。でも里緒から名前を聞いて思い出した。一度だけ、下校のときに傘を貸したことがあった。土砂降りの中を歩いていたから、可哀想に思って、持っていた折り畳みを渡したことがある」

「きっとそれだよ。その優しさにほだされて惚《ほ》れたんだ」

「でも話したのは傘を貸したときと、返しに来たときくらいだ。そのときも、どこかぶっきらぼうだったし、そのあと話しかけても無視されて、目も合わそうとしなかった。だから俺は、彼女に嫌われてるんじゃないかと思っていたんだ」

「女心が分かってないな。その逆だよ。加賀谷のことが好きになったんで、そういう素振りをしていたんだと思う。自分の本心を表に出すのが苦手な性格だったんだろう。だから直接自分の気持ちを打ち明けることができず、『交際している』と妄想して、嫌がらせをするようになったんだ」

「そうなのかな……」

加賀谷が不服そうな顔で言う。

「それで、そのあとどうなったんだ。乾のストーカー行為は収まったのか？」

「いや、それも最初だけだった。しばらくは、里緒のスマホにも俺のスマホにもメッセージが送られてくることはなかった。これで俺たちはようやく解放されたと思っていたんだ。でも三ヶ月ほどすると、またメッセージが送られてきた。自分が俺の恋人だと言って、里緒を激しく罵《ののし》るようなメッセージだ。俺のスマホにも来た。もう二度としないという約束など忘れてしまったかのように……。それに、内容も前よりもっと悪質になった。里緒のスマホには、『殺す』とか『死ね』とか、過激な言葉が書き連ねてあって」

「警察に通報はしなかったのか？」

「里緒が嫌がったんだ。話し合えば分かってもらえるって言い張って。彼女は乾の携帯番号を聞いていた。でも電話しても『現在使われておりません』と、嘘の番号を教えられていたみたいで。何度か乾のアカウントにメッセージも送ったけど、返信はなかった。それに……里緒の部屋のポストに封筒が入っていて、開けるとビニール袋があって……中に鶏《とり》の生首が入っていたこともあった」

「気持ち悪いな……」

「ああ……それに、こんなこともあった。俺が里緒の部屋に泊まっていたときのことだ。さすがの里緒も乾のことを怖がるようになった。だから俺は、なるべく一緒にいるようにしていたんだ。そしたら夜寝ているときに、玄関のドアをどんどんと叩《たた》く音がした。それで『開けろ、開けろ』って叫ぶ女の声がして。慌《あわ》てて飛び出したが、もう逃げ出した後だった」

「じゃあ、相手の姿を見なかったんだな」

「ああ……でもきっと乾に違いないよ。そんなことするの」

「確かにそうだな」

「それからしばらくして、最悪の事態が起きた……」

深刻な顔で、加賀谷は話し続ける。

「里緒と連絡が取れなくなったんだ。電話しても出ないし、メッセージを送っても返信がない。今までそんなことはなかった。毎日のように連絡を取り合っていたのに……。彼女のマンションに行っても鍵《かぎ》がかかったままで、もう何日も帰っていない様子だった」

「友達とか、実家とかには連絡はしたのか？」

「実家の連絡先は知らなかった。共通の友人とかもいなかったし。二人が知り合ったバーにも行ってみたけど、里緒はもう何日も来ていなかった。気が気ではなかった。もしあいつの身に何かあったらと思うと……。もしまた由布子みたいなことになったら」

加賀谷は唇を噛《か》みしめた。言葉を続ける。

「でも、連絡が途絶えてから一週間ほどして、俺のスマホに里緒から着信が入った。慌てて電話に出ると彼女はこう言ったんだ。『監禁されている。助けて』って」

「今どこにいるんだ？」

加賀谷がそう言うと、里緒がマンション名と部屋番号を叫んだ。そして、

〈絶対に警察には言わないで。そうしないと、わたしこ……〉

その声をかき消すように、通話が途切れた——

スマホを手に呆然《ぼうぜん》とする。

すぐに警察に電話しようと考えたが、思い止《とど》まった。もし彼女に万が一のことがあったら、取り返しの付かないことになる。ここは慎重に行動しなければならない。加賀谷はネットで検索し、マンションの名前から住所を特定する。そこに駆けつけた。

目的の場所に着いたときは、午後四時を回っていた。住宅街の一角にある、薄汚れたタイル張りのマンションである。外壁の様子から築年数は相当経《た》っているのではないかと思う。幸いマンションの入口はオートロックではなかった。エントランスから建物の中に入り、階段を上った。

廊下を歩き、里緒が告げた番号の部屋を探す。少し歩くと、その番号の部屋を見つけた。ドアの前に立ち、様子を探る。

表札プレートはなにも記名されておらず白紙のままだ。ドアの脇《わき》にあるガラス窓を覗《のぞ》き込むが、カーテンが閉じられていて、中に人がいるかどうかよく分からない。試しにドアノブを廻してみたが、施錠《せじょう》されていて開かなかった。

果たして、本当にこの中に里緒はいるのか。ドアを何度かノックして、声をかける。

「里緒、いるのか」

返事はない。

再びノックして、声をかける。

「里緒、俺だ。無事なのか」

やはり返事はなかった。奥から買い物帰りの親子連れが歩いてくる。別の部屋の住人のようだ。反射的に、その場から立ち去った。

一旦《いったん》外に出て、様子を探ることにする。マンションの隣にある児童公園に入った。丁度その場所は、建物の裏側に面しており、先ほどの部屋のベランダ部分が見える。近くにあったベンチに陣取り、部屋を見張ることにした。

ベランダ側も、カーテンが閉じられており、中の様子を窺《うかが》うことはできなかった。果たして里緒は無事なのだろうか。もし本当にあの部屋にいるのなら、先ほど声をかけたとき、どうして返事がなかったのだろう。それに、部屋の主はどうしたのか。もしかしたら里緒はもう……。いや、まさかそんなことはない。恐ろしい想像を、頭の隅から振り払った。

公園に来て、二時間ほどが経過する――

辺りが暗くなり始めていた。やはり通報するべきなのだろうか……。ベンチに座り、あれこれ思案していた。すると、視線の先にある部屋の窓が明るくなった。室内の照明が点《つ》いたのだ。

思わず目を見張った。部屋の住人が帰ってきたに違いない。加賀谷は慌てて立ち上がり、公園を飛び出した。マンションへと向かう。

エントランスを通り、再び建物の中に入った。階段を上り、件《くだん》の部屋へと進んでいく。玄関ドアの前で立ち止まった。ガラス窓を覗き込むと、カーテン越しに照明の光が漏れているのが分かる。誰かが中にいるのは間違いない。

ドアの前に佇《たたず》み、加賀谷は躊躇《ちゅうちょ》した。一体どうすればいいのか。ここであまり騒ぎ立てるのは賢明ではない。まずはこの部屋の住人が誰なのか。本当に里緒がこの部屋に監禁されているのか。確かめるのが先決だった。

意を決してドアチャイムを鳴らした。果たして住人が出てくるのか。はやる気持ちを抑えて、応答を待つ。

すると……中から物音がしてドアが開いた。

住人が顔を出した。ドアチェーンをかけたまま、こちらを訝《いぶか》しそうに見る。

女である。

白い襟付きのシャツにジーンズ姿の女。背丈は加賀谷と同じくらいで、女性としては高い方だろう。艶《つや》のある黒髪は腰の辺りまで伸びていた。

見覚えのある顔だった。十年以上も自分を苦しめた女。由布子を殺し、里緒を監禁した女……。込み上げてくる怒りを押し殺して言う。

「乾まどかさんですね」

女は能面のような顔でこっちを見ている。

「俺が誰だか分かる」

「……加賀谷君でしょ。高校のとき、同じクラスだった」

抑揚のない声で、まどかが答える。

「何の用」

「この部屋に、市川里緒という女性がいるはずだ。彼女を帰してもらいたい」

顔色一つ変えず加賀谷を見ているまどか。その表情からは感情を読み取ることができない。

「いないわよ。そんな人」

「嘘をつくな。里緒から連絡があった。この部屋にいるって。里緒は俺の恋人だ。すぐに彼女を解放してほしい」

「だから、いないっていってるでしょ」

加賀谷はズボンのポケットからスマホを取り出した。

「わかった。だったら警察に連絡するしかない」

「勝手にしたらいいでしょ。でも、本当にいないんだよ。嘘だと思うんだったら、中に入って確かめてみたら……」

まどかがチェーンを外す。ドアを開けて、部屋に入るように促した。

スマホをポケットに仕舞うと、無言のまま室内に足を踏み入れた。玄関の三和土《たたき》に立って、部屋を見渡す。

「上がっていいよ。奥にも部屋があるから」

まどかが声をかける。靴を脱いで、加賀谷は室内に上がった。

誰もいないダイニングキッチンを通り、部屋の奥へと向かう。彼女が一人で暮らしているのだろうか。家具や調度品の類《たぐい》はあまりなく、どこか殺風景な感じがする。

奥の部屋にたどり着いた。テレビと簡易ソファがある部屋だ。ここにも人の姿はない。周囲を見ると、片側の壁に隣室のドアがあった。

この中に里緒がいるのかもしれない。ノブに手をかけてドアを開く。

閑散とした部屋。

壁際《かべぎわ》にぽつんと一つ、ベッドがあるだけだ。まどかがやって来て言う。

「どう、これで満足した……。誰もいないでしょ」

「里緒をどこに隠した」

声を荒らげて、彼女に詰め寄った。

「彼女が電話で俺に言ったんだ。この部屋に監禁されているって。里緒をどこにやった。彼女に何をしたんだ」

「ちょっと、大きい声出すのやめてよ」

「もういい加減にしろよ。これ以上俺たちを苦しめるのはやめてくれ。目を覚ますんだ。お前は俺の彼女なんかじゃない。里緒に危害を加えたら、俺はお前に何をするか分からないから」

「ちょっと待ってよ、何言ってるの。私があなたの彼女？　そんなわけないでしょ……」

「分かっているんなら、もうやめてくれ。里緒と会って話したんだろ。もう二度としないって。俺の彼女だと思い込んでメッセージを送ったり、つけ回したりしないって」

「私が加賀谷君の彼女だと思い込んでいる……？　いい加減にしてよ。悪いけど、あなたのことなんか好きになるわけないの。加賀谷君のことをいいと思ったこと、一瞬たりともないから……。バカじゃないの」

吐き捨てるような言葉でまどかが言う。

「でも……里緒が乾に会って、話をしたって」

「あれ……まだ気がついてないの」

「気づいてないって……どういうことだ」

「ほんとに知らないの。あの子マジで狂ってるから」

「里緒が狂ってる？」

するとまどかはくすくすと笑い出した。

「そうだよ。ほんとにおめでたい性格だね。あなたの彼女だと思い込んで、メッセージ送っていたの里緒だから……」

「何言ってるんだ」

「本当だよ。私は彼女と中学からの付き合いだから知っているの。里緒は高校のときから加賀谷君にぞっこんだった。私や加賀谷君とは違う高校の生徒だったけど……。知らなかった？」

「嘘言うな。俺と里緒は行きつけのバーで知り合って」

「本当に分かってないね。だからそれは偶然なんかじゃなかった。全部演技だったんだよ。初対面を装《よそお》っていたけど、実はずっと前からあなたのストーカーだった。高校を卒業してもあなたを付け回し、加賀谷君に恋人ができたら、嫌がらせのメッセージを送ったりして」

「じゃあ、由布子にメッセージを送りつけていたのは、里緒だったっていうのか」

「そうだよ。彼女から直接聞いたから間違いないよ。私は『やめた方がいい』って何度も忠告したんだから。その由布子って人、ビルから落ちて死んだんでしょ。それもきっと、里緒が殺したんだと思うよ。あの子言ってたから。由布子っていう女に会うんだって。彼女と話し合って、どちらが本当の加賀谷君の恋人なのかはっきりさせるんだって」

加賀谷はその場に立ち尽くした。

里緒が由布子を殺した……。

そんなはずはない。そんなはずは……。

「里緒は病気だったんだよ。まともに話したことすらなかったのに、自分は加賀谷君の恋人だと思い込んでいた。昨日はデートしたとか、彼の部屋に行ってエッチしたとか、頭に思い浮かべた妄想を、本当にあったことだと信じていた。だからすごいと思ったんだよ。あなたの彼女を殺して、本当に加賀谷君の恋人になったんだから。妄想を現実にしたというわけ」

「じゃあ……里緒のスマホに嫌がらせのメッセージを送っていたのは一体誰なんだ」

「あんた本当に勘が鈍いね。里緒本人に決まっているでしょ」

「自作自演だったというのか……。俺の彼女になったんだから、もう嫌がらせなんかする必要はないだろ」

「そんなことまで知らないわよ。頭がおかしい子のすることなんか理解できない。きっと、加賀谷君をいじめて楽しんでいたんじゃないの。あなたが慌てふためいている姿を見て、可愛いって言ってたから。あなたが困っている姿がたまらないって。彼女はそんな歪《ゆが》んだ性癖なのよ。知らなかった？」

加賀谷は黙り込んだ。まどかは言葉を続ける。

「表参道のカフェで会ったときも、私は言ったんだよ。もうこんなことはやめた方がいいって。でも、面白いから続けるんだって。ビニールに入った鶏の生首を見て、悲鳴をあげた加賀谷君の顔が忘れられないって笑い転げて。そしたら今度は、ストーカーの罪を私に押しつけようとするじゃない。もういい加減にしてよって感じ。きっとあの子、私をストーカーに仕立て上げて、由布子って女を殺した罪まで、擦《なす》りつけようとしてるんだよ」

唇を尖《とが》らせて、まどかが言う。

「絶対に許せない。なんで私があなたのストーカーなのよ。あんたみたいなどうしようもない男、一ミリもいいと思っていないのに、なんで私があなたをつけ回すのよ。あなただけじゃないわ。私は全《すべ》ての男が嫌いなの。だから私が男に惚れるなんてことありえないの。これで分かった」

まどかが口を閉ざした。声を振り絞るように、加賀谷が言う。

「それで……里緒はどこに行った？」

「知らないわよ。どこかに逃げたんじゃないの」

「友達じゃないのか？」

「友達なんかじゃないわ。あんな女」

加賀谷は黙り込んだ。まどかの言っていることは本当なのだろうか。

ストーカーの正体は里緒自身だった――

辻褄《つじつま》が合わないことはない。しかし、どうしてもそう思えなかった。里緒がそんなことをするはずはない。彼女が由布子を殺したなんて……。里緒を信じてあげたかった。それに今のまどかの話には何一つ証拠がない。もしかしたら、ストーカーの正体が里緒だというまどかの話こそが「妄想」なのかもしれないのだ。

もしそうだとしたら……。

やはりストーカーの正体はまどかで、里緒はどこかに監禁されている可能性が高い。

いや、もしかしたら、彼女はもうすでに……。

考えたくはなかった。だが、由布子のときのことを思うと、あり得ない話ではない。

動揺する気持ちを何とか抑え、まどかに言う。

「乾のいうことはよく分かった。でも、俺は里緒のことを信じている。もう少し、部屋の中を調べさせてくれないか？」

まどかが腕組みをして言う。

「あの女のことが憎くないの。自分の恋人を殺したかもしれない女なんだよ」

「とても信じられない。里緒がそんなことするなんて」

「ほんとに加賀谷君はとんでもないバカだよね……。いいわよ。気がすむまで探してみたら」

加賀谷が動き出した。里緒が拘束され、どこかに隠されているかもしれなかった。

クローゼットの戸を開けて、中を覗き込んだ。しかし、女性ものの洋服やバッグがあるだけだった。

ベッドの下やベランダ、カーテンの隙間やキッチンにトイレなども隈《くま》無く調べたが、里緒の姿を見つけることはできなかった。彼女は一体どこに消えたのだろうか。

やはりまどかの言う通りなのか。

もし、彼女の言うことが「妄想」ではなく、真実だとしたら……。ストーカーは里緒で、彼女が由布子を殺したのならば……。

監禁されたというのは狂言であり、彼女がこの部屋にいるはずはなかった。

頭によぎった想像を即座に否定する。里緒がそんなことをするわけはない。きっと、まどかがどこかに隠しているに違いない。だが、もう部屋の中はあらかた調べ尽くした。残されたのは浴室だけだった。

ダイニングキッチンに戻り、隣接している浴室へと向かった。ドアを開けて中を覗き込む。暗くてよく見えない。中に入り、スイッチを探して電気をつけた。

ここにも誰もいなかった。

視界の先にあるのは、洗濯機が置かれた洗面所付きの脱衣場と、小さな浴槽があるスペースだけである。念のため浴槽にも近寄って見るが、中は空っぽだった。

ほかにもう、探すところはなかった。一体彼女はどこに消えたのか。

その場に佇み、加賀谷は考えた。

まどかの言うことは真っ赤な嘘で、里緒をどこか別の場所に移して監禁しているのか。それともまどかの発言は真実であり、ストーカーの正体は里緒だったというのか。

妄想ストーカーはまどかなのか？　それとも里緒なのか？　真実はどこにあるとい

うのか？

だが、そのときだった。

突然、耳元で電流が迸《ほとばし》るような音が鳴り響いた。首筋に激痛が走る。

思わず振り返った。

だがそれと同時に、視界は闇《やみ》に閉ざされる——

「それでしばらくの間、気を失っていたというわけなんだな」

「ああ、そうだ。そのまま浴槽の前に倒れていた。気がつくと首の辺りがまだ痛かった。きっとスタンガンのようなものでやられたんだ」

「誰に襲われたのか、記憶はあるのか」

「乾まどかだよ。ふり返りざまに見た、血走った目で俺を襲う彼女の姿が脳裏に焼き付いていた」

「そうか……」

芹沢が考え込んだ。加賀谷が言う。

「迂闊《うかつ》だったよ。危うく殺されるかもしれなかったからな。でも、これではっきりしたと思ったんだ。やっぱりストーカーの正体はまどかだった。里緒じゃなかったたって」

彼が言葉を続ける。

「ということは、里緒はどこか別の場所に監禁されている可能性が高い。何としてでも、彼女を救い出さなければならないと思った」


浴槽の脇に倒れたまま、加賀谷はしばらく朦朧《もうろう》としていた。

ずっと意識を失っていた。あれからどれくらいの時間が経ったのか。なんとか力を振り絞り、浴槽の縁を摑《つか》んだ。ゆっくりと立ち上がる。

里緒を救い出すために、まずはここから脱出しなければならない。足音を立てぬように、脱衣場に動く。外の様子を窺いながら、浴室のドアを開けた。

部屋の灯りは消えている。息を殺して、加賀谷は浴室の外に出た。部屋のどこかに、まどかがいるはずである。またスタンガンで襲われるかもしれない。

暗がりの中、辺りの様子を探る。人の気配はない。逃げ出すなら今だ。

そう思い、玄関のドアめがけて駆け出した。だがその途端、その場に倒れ込んでしまう。何かに蹴躓《けつまず》いたのだ。

床に伏したまま、それを見た。ぐにゃりと柔らかいものだった。暗闇の中で目を凝らした。

ダイニングテーブルの脇に、人が倒れている。

女だ。女が床にうつ伏せに転倒していた。顔は髪に覆《おお》われて、よく見えない。眠っているのだろうか。女は微動だにしない。近寄って顔を覗き込んだ。手を伸ばし、髪をかき分ける。

倒れている女はまどかだった。だが、なぜこんなところで眠っているのか。

「おい……」

声をかけてみるが反応はない。よく見ると顔面は蒼白《そうはく》である。

「大丈夫か」

揺り動かそうと肩の辺りに手をやった。加賀谷ははっとする。なにか粘り気のある、生温かい液体に触れたからだ。思わず指を顔に近づける。すえた鉛のような臭《にお》いがする。鮮血の臭いだ。

反射的に立ち上がった。スイッチを探し、電気をつける。

部屋が明るくなった。

まどかの着ている白いシャツが真っ赤に染まっている。首筋から流れ出た血は、床にぽとぽととこぼれ落ちていた。見開かれた彼女の目は、意志が失われたかのように虚空《こくう》を見ている。

恐る恐る、彼女の前に跪《ひざまず》いた。息はしていないようだ。慌てて手首に触れてみた。

脈拍は止まっている。

加賀谷は愕然《がくぜん》とした。

まどかが死んでいる——

全く予想もしていなかった事態だった。何が起こっているのか。頭は激しく混乱している。

なぜまどかは殺されたのか。一体誰が……。

まさか……。

呆然と彼女の遺体を見つめたまま、加賀谷はその場に立ちすくんでいた。

「なるほど、それですぐに警察に通報したんだな」

「ああ、そういうことだ」

芹沢は腕組みをしたまま、考え込んだ。

加賀谷が言う。

「なあ芹沢、お前はどう思う？　乾はなぜ死んだのか？　彼女は首から血を流していた。なにか刃物のようなもので切られて、出血多量で死亡したということなんだ。自分で切ったのか。それとも、誰かに切られたのか？」

「加賀谷はどう思うんだ」

「分からない……。自殺だとしたら、今までのストーカー行為を悔いて、自らの命を絶ったんだと思う。だがもし誰かに殺されたとしたら……」

彼は唇を閉ざした。芹沢が言葉を重ねる。

「一体誰が、乾の命を奪ったのかということだな」

加賀谷が頭を抱えて言う。

「ああ、そうだ……。考えたくはない。里緒がそんなことをするはずはない。でも乾の言うように、ストーカーの正体が里緒だとしたら、乾を殺したのは彼女だという可能性は否定できない」

「でも、加賀谷につきまとっていたストーカーは、大柄の女性だったんじゃないのか。里緒さんは、そんなに背が高い方じゃないんだろ」

「確かにそうだ。でも、上げ底のブーツとかを履けば、身長なんかはいくらでも誤魔化せるよ」

「なるほど」

「もし里緒が犯人だとしたら、彼女は俺をずっと騙《だま》していたことになる。乾の言うように、バーで知り合ったのも、偶然ではなかったのかもしれない。初めて会ったようなふりをして、俺に近づいたんだ。そして、自分のスマホに自作自演のメッセージを送り続けて、被害者を装っていた」

「じゃあ加賀谷は、乾を殺したのは里緒だと思っているのか」

「分からない。でも、今の状況は限りなく彼女が犯人であることを示唆《しさ》している。もしそうだとしたら、俺は里緒を許すことが出来ない。由布子を死に追いやったのは、彼女だったのかもしれないからな……。とにかく真実を知りたいんだ。乾の言うことは真実なのか。ストーカーの正体は里緒で、由布子の命を奪ったのは彼女なのか……。それとも……」

　顔を上げ、加賀谷は訴えかけた。

「芹沢……。頼む、力になってくれ。真実は何なのか。里緒が今、どこにいるのか。俺が頼れるのは、もうお前しかいないんだ」

　険しい顔を浮かべ、芹沢は加賀谷を見据える。

「何言ってんだよ。そんな水くさい言い方すんなって。大切な友達が困ってるんだ。自分にできることだったらなんでもするから。加賀谷のことはよく分かっている。お前がどんな人間なのか。絶対に人殺しなんかできない男だってこともな」

そう言うと芹沢は、優しく微笑んだ。加賀谷の目には涙が浮かんでいる。

「ありがとう……恩に着る。お前が俺の弁護を申し出てくれて、本当によかった。地獄に仏とはまさにこのことだ」

「ばかやろ。仏様なんて。人を勝手に殺すな」

涙ながらに笑い合う二人。

加賀谷は手を握りしめて、拳《こぶし》を重ね合わせようとして前に突き出した。学生時代、よく挨拶《あいさつ》代わりにしていた動作である。だが、彼の拳は二人を隔てている透明のアクリル板にごつんと当たった。

係の警官が接見の終了を告げる。アクリル板越しに、加賀谷が立ち上がった。警官に連れられ、彼は留置場の奥へと消えていく。

芹沢は目に涙を滲《にじ》ませたまま、ずっとその姿を見送っていた。


警察署を出た。

国道沿いの並木道——

最寄り駅に向かって、芹沢は上司である小早川宏《こばやかわひろし》と肩を並べて歩いていた。

小早川は、芹沢が勤める弁護士事務所の所長である。年齢は四十三歳、知的なロマンスグレイの風貌《ふうぼう》だが、身長は百七十はなく、男性としてはあまり高い方ではない。

「どうだった、加賀谷の様子は」

小早川が訊《き》く。歩きながら、芹沢が答える。

「ええ、彼の言い分は全て聞きました。やはり、乾まどかは自殺したか、別の誰かが殺したと主張しています」

小早川は警察署近くのカフェで、接見が終わるのを待っていた。当初は二人で加賀谷から話を聞く予定だった。だが同級生である自分一人の方がいいという芹沢の訴えで、急遽《きゅうきょ》同席しないことにした。

小早川が訊く。

「君はどう思う？」

「警察の見解と同じです。私も、彼が乾まどかを殺害したと踏んでいます。高校時代から、加賀谷は乾のことを女性として多分に意識していました。雨の日に彼女に傘を貸したと言って、やたらと興奮していたことをよく覚えています。それに、加賀谷から交際を迫られ迷惑していると、乾から相談を受けたこともありました」

「なるほど」

「彼には妄想癖があるんです。大学のときは、臼井由布子という女性を自分の恋人だと思い込み、執拗《しつよう》に付きまとっていたようです。その結果、臼井由布子は精神を病んで、ビルの屋上から飛び降りて死亡しました」

「ビルの屋上から？」

「ええ、そうです。でも警察によると、彼女の死は自殺で、事件性はないということでした。ここ最近では、市川里緒という女性と交際しているという妄想を抱いていました。現在、市川里緒の消息は分かっていません。彼女の失踪《しっそう》についても、加賀谷が関係しているのではないかと警察は考えているようです」

小早川が、芹沢を見上げて言う。

「ということは芹沢君の見解では、彼の犯行である可能性は、限りなく高いということだね」

「はい……残念ながら、そう考えざるを得ないのでしょう」

じっと正面を見据えたまま、芹沢は歩いている。

「でも、私は友人として加賀谷を見捨てたくはありません。一体なぜ、彼はあんな残《ざん》虐《ぎゃく》な犯罪を行ったのか。もし加賀谷が心の病に冒され、犯行を起こしたのだとしたら、なんとか病を克服して、立ち直って欲しいと切に願っているんです。それまではずっと、彼の側《そば》に寄り添い、裁判を闘っていく所存でおります」

オートロックを解錠して、エントランスに入る。

高揚した気分は持続している。いや、持続しているというより、より一層高まっていく。

エレベーターに乗り込み、芹沢は自分の部屋があるフロアーで降りた。自室のドアの前に立ち、バッグから鍵を取り出す。

玄関に入り、パンプスを脱いだ。ローヒールのパンプスである。ヒールの高い靴の方が、脚がきれいに見えて見栄《みば》えがいいが、これ以上背が高く見えたくはない。高身長なのがコンプレックスなのだ。

寝室のドアを開けて中に入った。

興奮状態は収まらない。愛する彼と十年ぶりに言葉を交わしたのである。身体中が火照《ほて》って仕方ない。ダークブルーのスーツを剝《は》ぎ取るように脱ぐ。セットアップのスカートのファスナーも外した。ストッキングに覆われた、すらりとした長い脚が現れる。

美貌やスタイルには自信があるが、彼が言うように、自分にはなぜか、あまり男性は寄り付かない。でも同性である女性は多く集まってくる。彼女らは必死になって、私の愛を得ようとする。

クローゼットを開けて、脱いだスーツをハンガーに掛ける。衣服の奥に、大型のスーツケースがあった。中には女の遺体が入っている。防腐処理を施しているが、そろそろ処分しなければならない。万が一、服に臭いが染みついてしまっては困る。

スーツケースを見つめながら、芹沢は思った。

忌々《いまいま》しい女だった――

市川里緒という女。彼女のことはよく知らない。でもこの女は、自分にとって最も大切な彼の心を奪い取ろうとした。絶対に許せなかった。

メッセージを送りつけて、自滅させようとした。由布子のときのように……。でも彼女は手強《てごわ》かった。まどかを身代わりにして、様子を探らせた。まどかは自分にぞっこんだ。彼女にはマゾヒズムの傾向がある。厳しく叱《しか》りつけたあとに、耳元で愛の言葉をささやけば、何でも言うことを聞く。

里緒はまどかと表参道のカフェで会い、そこで彼に対する強い愛情のほどを述べた。「彼のことを愛している。何があっても亘は私の大切な人」なのだと。

その言葉を聞いて、怒りの炎はさらに燃え上がる。もう手荒な手段に出るしか、方法はなかった。

クローゼットの鏡を見ながら、ヘアピンを外す。一つに纏《まと》めていた髪が腰の辺りまで落ちた。シャツとストッキングも脱いで、下着だけの姿になる。均整の取れた肢体が、鏡に映し出された。

でも、殺すだけでは意味はないと思った。由布子が死んだ後、彼の心には彼女への思いが強く残されていた。あのときのようになっては困るのだ。だから、加賀谷の心から、里緒への愛情を断ち切った上で、その存在を抹消しなければならなかった。

彼女にストーカーの罪を被《かぶ》せたのはそのためである。まどかを殺したのも、加賀谷に「里緒の犯行」であると思わせたかった。そうすれば彼女への疑惑はさらに信憑性《しんぴょう》を増し、愛は憎しみへと転じるのではないかと考えたのだ。

事実、彼は今、由布子を殺したのは里緒ではないかと思い始めている。由布子は、勝手に飛び降りて死んだだけなのに……。

そうなのだ……。由布子を追いつめて自殺させたのも、里緒にストーカーの罪を被せ殺害したのも、まどかを殺したのも……全ては彼への愛がそうさせたのだ。消し去ろうとしても決して消すことの出来ない、呪《のろ》いのように心の中に蔓延《はびこ》った、妄執のような愛の所為《せい》なのである。

これで思い描いた通りになった。

警察は、まどか殺害の容疑で加賀谷を逮捕した。彼はまどかを殺したのは里緒ではないかという疑惑を深め、彼女への愛は消えかけている。

もう彼には自分しかいないのだ。思わず笑みが込み上げてくる。やっと加賀谷亘を手に入れることが出来た。

目を閉じて、彼のことを想《おも》う。面会室のアクリル板越しに見た、弱り切った顔が限りなく愛おしい。どんどん気持ちは昂《たか》ぶってくる。暑い、熱くてたまらない。ブラジャーを毟《むし》り取った。豊満な胸が露《あら》わとなる。下も脱いで、生まれたままの姿になる。

これからは二人の新たなる第二章が始まるのだわ。

壁には一面、加賀谷の写真が貼《は》られている――

その部屋で一人、彼女は恍惚《こうこつ》に身悶《もだ》えていた。

解説　才の王は不滅です

真梨幸子

二〇〇四年三月の終わり。

当時私は、追い詰められていた。会社勤めを辞めてフリーライターになったはいいが、収入は不安定。慣れない売り込みに精神をすり減らし、塞《ふさ》ぎ込むことも多かった。しかも、おひとり様のくせにマンションを購入、ローンの重責で、十二指腸に大きな潰瘍《かいよう》も作ってしまっていた。

まさに、崖《がけ》っぷちの女。そんな状態なら、もっと安定した道を選ぶだろう、普通なら。結婚とか再就職とか。が、私が選んだのは、小説家への道。小説家になろう……的な指南本を大量に購入しては読み耽《ふけ》り、そして公募ガイドを横に置いて、せっせと投稿に励んでいた。もちろん、ことごとく落選。これがますます、私を追い詰めていた。

そんなときである。

ある深夜、つけっぱなしのテレビで唐突にはじまったドキュメンタリー番組。ストーカーに悩む女性の相談を受けて、ジャーナリストがストーカーと対決するという番組だ。この手の番組は大好物だ。就寝の時間だったが、ふむふむと、見はじめてしまった。……ところが、途中からなにかおかしな感じになる。この違和感はなんだ？　前のめりでテレビにかぶりつく私。そして、ラスト。

「はぁぁぁ？　嘘《うそ》でしょう?!」

あれほどの衝撃は、今まで経験したことがなかった。啞然《あぜん》としながらも、なにか恍《こう》惚《こつ》とした気分にもなった。

騙《だま》される快感にすっかりやられてしまったのだ。

その番組こそ、伝説の「放送禁止」シリーズである。

なんの前知識もなくあの番組を見ることができたのは、幸運以外のなにものでもない。それからは、すっかりその手法の虜《とりこ》になってしまった。私の作風が決定した瞬間であるといってもいい。

小説家になろう……的な指南本に雁字《がんじ》搦《がら》めにされて、本来書きたかったものからどんどんと遠ざかり、自分を見失っていた私にとって、この夜の衝撃は、天の啓示といってもいい。

「そうだ。私、こういうのを書きたかったんだ！」

と、興奮冷めやらぬまま、寝るのも忘れてパソコンに向かった。そして、その数ヶ月後にメフィスト賞を受賞、はれてデビューが叶《かな》った。

ありがとう、長江さん！　あなたは、私の恩人でもあり、恩師でもあります！　あなたのあの作品があったから、私は小説家になることができました！

さて、長江さんといえば、「放送禁止」や「出版禁止」などの「禁止」ものである。共通するのは、目まぐるしいミスリードとそして大どんでん返し。

私も一応はミステリー作家である。ミスリードにもどんでん返しにもある程度の免《めん》疫《えき》がある。大抵のものなら、三分の一も読めば、展開と着地を予測することができる。

だが、長江さんの小説だけは、ことごとく予想が覆《くつがえ》るのだ。

本書でいえば、「例の支店」「哲学的ゾンビの殺人」「イップスの殺し屋」「リヨンとリヲン」がまさにそれだ。予想した途端に覆る。そんなことがページを捲《めく》るごとに続き、へとへとになったところで後頭部を鈍器で殴られたような衝撃のどんでん返し。

……うまいなぁ。

伏線の張り方も名人技だ。「ルレの風に吹かれて」「この閉塞感漂う世界で起きた」

「**カガヤワタル**の**恋人**」は、ラストにたどり着いたあと冒頭を読み返して、「なるほど……」と唸《うな》ってしまう。

そして長江さんといえばモキュメンタリー（フェイクドキュメンタリー）。その色が最も濃いのが「**撮影現場**」。実際のリアリティ番組でも似たようなことが行われているんじゃないの？というイヤーなゾワゾワ感にしばらく立ち直れなくなる。

ミスリード、大どんでん返し、モキュメンタリー、鮮やかな伏線。

それだけじゃない。長江作品を長江作品たらしめているのは、ずばり、「犭の王」だ。

「犭の王」。こんな表現をしてしまったのは、この文字を使ってしまった途端、狩られてしまうからだ。そう、この文字は今や、「禁止」文字なのだ。ゲラでそんな文字があったら鉛筆で「他の表現に変えてください」と指摘される。なので、クレイジーとかルナティックとか正常ではない状態とか、泣く泣く変えるしかない。

そもそもだ。文学や芸術に「犭の王」は欠かせない。

古典文学の最高峰「嵐が丘」は、「犭の王」った男の一途な愛の物語だ。歌謡曲だってそうだ。昭和の名曲「天城《あまぎ》越え」で歌われているのは、「犭の王」った女の情念。これを「触れてはいけないもの」として禁止にするというのは、いったいどういうことなのだろう？　私はむしろ、「歹の王」った状態こそが人間の真髄であり本性であり、そして美しいと思っている。だからこそ、古今東西、「歹の王」は芸術の題材になってきたのだし、それを見て、人々は感動してきた。

その「歹の王」を真正面から描いているのが、長江作品なのである。

長江作品では、「歹の王」はたびたび、「愛」として描かれる。

「ルレの風に吹かれて」を読んだときは、その圧倒的な愛に、打ちひしがれた。その光景はグロテスクなのだけど、やっぱり、愛って美しいなぁ……と。

「カガヤワタルの恋人」も「歹の王」った愛がテーマだ。ここまで「歹の王」ってしまうと、正義に見えてくるから不思議だ。

そういえば、あの夜、私がたまたま見た番組も、「歹の王」ったストーカーが主人公だった。常軌を逸しているのに、目が離せない。眠たかったのに、眠気が吹っ飛ぶ。「歹の王」こそ、エンターテインメントの真骨頂なんだ！　そんなことも教えられた。

が、これからの時代、「歹の王」の文字を使うのは難しくなる。だが、言葉を狩られても、長江作品から「歹の王」がなくなることはないだろう。なくなることがあったら、それはエンターテインメント、もっといえば文学そのものの消失を意味する。

どんなに禁止されても、あの手この手で人間の底を覗《のぞ》き込み、そこに「歹の王」を見つけるのが我々の仕事だ。長江さんは、これからもきっと「才の王」を描いてくれるだろう。なにしろ、禁止界の帝王なのだから。禁止されればされるほど、やらずにはいられないはずだ。だから、私もやらなくちゃ。

うん、やる。

（令和五年九月、作家）

本書は文庫オリジナルです。

各編初出
「例の支店」「小説新潮」二〇一八年八月号に掲載後、『あなたの後ろにいるだれか』（新潮文庫 nex アンソロジー）に所収
「ルレの風に吹かれて」「小説新潮」二〇一五年十一月号
「哲学的ゾンビの殺人」同右二〇一九年九月号
「この閉塞感漂う世界で起きた」同右二〇二一年二月号
「イップスの殺し屋」同右二〇二二年十月号
「撮影現場」同右二〇二二年二月号
「リヨンとリヲン」「小説現代」二〇二一年九月号
「カガヤワタルの恋人」本書のための書下ろし

掲載禁止《けいさいきんし》　撮影現場《さつえいげんば》

新潮文庫　な－96－4

令和五年十一月一日発行

著者　長《なが》江《え》俊《とし》和《かず》

発行者　佐藤隆信

発行所　株式会社 新潮社

郵便番号　一六二―八七一一
東京都新宿区矢来町七一
電話 編集部(〇三)三二六六―五四四〇
読者係(〇三)三二六六―五一一一
https://www.shinchosha.co.jp

価格はカバーに表示してあります。

乱丁・落丁本は、ご面倒ですが小社読者係宛ご送付ください。送料小社負担にてお取替えいたします。

印刷・大日本印刷株式会社　製本・加藤製本株式会社

ISBN978-4-10-120744-5　C0193